時間への王手《チェック》

マルセル・ティリー 著
岩本和子 訳

松籟社

ÉCHEC AU TEMPS

by

Marcel Thiry

目次

現在のベルギーの地域・言語圏地図と『時間への王手《チェック》』関連の都市
（井内千紗作成）

時間への王手《チェック》

希望の前と後

もはや起こらなかったことにはできないことの知らせ——何ものも、成されたことをないことにはできないのだ。——ソフォクレス

やってしまったことはもとに戻せない。——シェイクスピア

ナポレオンの最後の戦いを読み返してみると、六月十八日日曜日の夜明けに雨が止んだ瞬間、今度こそ戦いは有利に進むのではと思われることがよくある。今日、獰猛なる「突進者」ブルッヒャーはワーヴルで立ち往生し、優柔不断なグルーシーはヴァランの公証人の庭の小屋から西方面に砲声を聞き、グルーシーは大砲のもとへ駆けつける……——ルイ・ドゥラトル

一連のあの残酷な敗北をどれだけ知っていようとも、私は常に、それらの敗北は起こらないことを願わないわけにはいかない。リニーではデルロンが皇帝に従い、カトル＝ブラではネーが皇帝に従うと思い込みたい……、グルーシーがついにワーヴルで将校や兵士たちに耳を貸すと……　しかしみんなが勘違いしていたなら！　ワーテルローの戦いがまだ続いていたら！

——レオン・ブロワ

そのすべて（ワーテルロー）が、どれだけ遠くまた近いことか！　この崇高な黄昏の下で、無数の骨の上にフリードリヒ・ニーチェが存在の大小さまざまな状況に約束した「もう一度、然り」は響くのだろうか。——レオン・ドーデ

著者註

二十三年前に書かれ、原稿を快く受理してくれたモーリス・ベールブロックのおかげで一九四五年にパリで出版されたこの物語から、大戦を経てかなり古臭くなった時代の背景をここでは消したくなかった。科学的言及（非常に疎いので慎重を期してかなり曖昧にしておいたが）、オステンドやシャルルロワといった街の、当時から大きく変わってしまったいくつかの特徴、ヨーロッパ政治についての手がかりや、貨幣価値などは、歴史の加速化によって四半世紀間に駆け抜けた時間の隔たりを示している。持続性の広大な宇宙について思いを巡らす物語において、このちょっとした時間的遠近法のずれは、許容範囲であり、たぶん有効だと思われた。

I

牢獄から語る話はお好きだろうか。『カルメン』以来、囚人の物語は一文学ジャンルになった感がある。それは間違いなく読者の興味を引く便利な語りの方法で、読者は、自由と引きかえにいったい何を手に入れたのかと興味津々になる。実にふさわしい感動的な背景色から、筋書きが自由に飛び立っていく。作者は時々直接介入することもでき、それが誠実さの最良の効果となる。例えばドン・ホセや、小説世界でのその後継者は、話の中でふと聞き役に話しかけ、彼をムッシューと呼び、独房のことを話して結末を予測させる。それは一瞬触れられるだけだが、効果抜群だ。

ところで私は監獄にいるのだ。私にはどうにもならない事実だ。小説の常套手段を使っていると疑われるに違いないけれど。ナミュール商工会議所の鉄・金属部門の同業者たちには滑稽に見えることだろう。

特別診療室を出てからもう一週間になる。それ以上私を観察するために引き留めておく必要はなかった。私がやや遅ればせながら、オステンドでの諸事件を見たままには話さず、医師や予審判事、財産管理人の主張をおとなしく認める方がいいと理解したからだ。はっきりとは告白せず（そのためには苦労して想像力を駆使せねばならなかった）、調査担当者や医師団の解釈に異議を唱えるのをやめた。私は認めた。私は虚言者であり、責任能力がないと判定してもらうために話を全部でっち上げたのだと。精神科医たちは、彼ら言うところの私の「茶番劇」の裏をかくも速やかにかかせてもらえたことで、無意識に私に感謝していた。予審判事は私に一目置いている。私には貯金があり、相当の権力があると思い込んでいるのだ。

しかし何より私の若い財産管理人のおかげで、今こうして特別待遇を受けて、雑役や共同作業を免除され、自由に執筆をし、修道院のように快適な独房の中を好きなだけ歩き回っている。ベルギーの良き習慣だ、破産の清算を弁護士たちに任せるというのは！　彼も同業仲間の例にもれず、経理のことは何もわかっていない。しかし珍しく、また新米ならではの熱意もあって、何かしら理解しようと努力してくれる。オルビュス嬢の精一杯の熱意にもかかわらず、私の三か月間の不在によって、放置された私の諸取引は大混乱に陥ったままだったので、貸方勘定や不履行契約、未決済分の徴収について説明してやったことで、彼は私に感謝している。そして毎日三十分かかるこういった数字の仕事に私が関われるように、このような待遇にしてくれた。それが続いてほしいものだ。

白い紙、真っ黒なインク、新しいペン、それに清潔なタイル張りの明るい部屋という平穏を私は手に入れたのだ。監獄の衛生や食事にも満足している。高い屋根窓は執筆用の棚板をちょうどよい光で照らしてくれる。やや硬すぎると感じた背もたれのない腰掛は、藁の椅子に取り換えてくれた。粗織りの服を着せられたが、それは戦時中を懐かしく思い出させてくれる。あの頃は名誉に思われていたこの布地の粗さが、今では不名誉なものに見えかねないのはなぜだろう。実際、私が目の当たりにした諸事実の規模のおかげで、いくらか距離を置いて、さほど良心の呵責もなく、私の債権者たちの不運を考えることができる。また私の破産というちっぽけな出来事を深刻に受けとらずにすんでいる。宇宙の認識においては、それは実際たいしたことではない。

こうして、世俗の財産はすっかりなくしたが、相応の日常生活の必需品に恵まれ、自身の話を語りたいという妙な欲求に駆られて、私は退屈とは無縁の日々を送っている。こんな気がかりは、とんでもなく非論理的なものに思われるかもしれない。私のような秘密を持っている者は、できる限り努力し行動してまずは虚栄心を取り除き、おとなしく何もしないでおくべきなのだろう。すべての説明がついていたなら、私だってそうするだろう。しかし私にはわからず、ある不思議な出来事を偶然目撃した者に過ぎない。ただ私が見たその出来事を、理解はできないながら事細かくここに記すことはできる。

私に書けと駆り立てるのは、おそらく不可解な事項を表明しておきたいという欲求だろう。いつか、まずいないだろうが、誰かが私にその答えを与えてくれるために。理解できれば何が起こるのだろうか。たぶん私は人間であることをやめて、神のような霊的存在へ、永遠の生へと入っていくのだろう……しかしそういった話には気をつけねば。すぐにまた特別診療室に戻されるだろうから。もちろんそこには、私が出てきたとき、自分が父なる神だと思っている者は誰もいなかった。

日々執筆を実践するのも、たぶん精神衛生上いいだろうと考えついただけのことだ。一人の、いや二人の詩人が数週間何度も訪ねてきたところで、ごく普通の商人だった私に文学的野心を呼び覚ませたとはとても思えない。私が書くのは、要するに独房内での運動という健康上の気遣いからだと言える。作業療法 *Occupation therapy* ―― イギリス人の誰がこの方法を私に教えてくれたのか、いずれわかるだろう。で、私は健康にはいつも大いに気をつけた。

ただその上で、今のうちにあえて言っておこうか？　なんとなく気後れのようなものも感じつつこの物語を始めるにあたって、私がその中にどんな深い希望を注ぎ込んでいるかを。これらの不思議な出来事について書いておきたい報告、それがずっと先で――二〇〇～三〇〇ページ後で――いよいよ伝えることになる途方もない計画に役立ってほしいと、密かに願っているのだ。

何はともあれ、私は試みる、この無謀な報告を。つまり私は、論理の諸法則が破綻する場に居合わせ、古来の因果関係の蓄積が揺らいで崩れ去り、常識がダイナマイトで爆破された要塞のように空中に吹き飛ばされるのを目の当たりにしたのだ。それで私は今、できる限り文章の統語規則を守りながら、規則に合った主語と動詞の続く文章を組み立てようと奮闘している。そしてこれらの文章を通して、私の思考を論理学の古典的技法に則って伝えられればと願っている。毎日四、五時間をこの仕事に充てている。私にはわかっている、論理はすべてまやかしであり、推論はすべて見えたものを仮に黙認することなのだと。時々私は筆を止め、こうして独房の壁と永遠性に向けて描き出す虚しさの偉大なる光景について、思いを巡らせる。それは自己陶酔に陥っているときで、診療室に送り返されることを避けたいなら何よりも危険な瞬間だ。

II

私の名前はギュスターヴ・ディウジュ、三十五歳だ。私の破産を宣言した判決文によると「ナミュールの元鉄鋼卸売業者」である。物語はシャルルロワで始まる。六か月前かそこらの一九三五年四月末、ある月曜日の午後のことだった。

陰気な土地という詩情がシャルルロワにはまとわりついている。それはあたかも石炭鉱山のすべてから、炭鉱が吐き出すあの黒くて煤けた水の流れる川となって、労働者たちの住む街に降りてきたかのようだ。それは、ブルジョワ地区では坂になった歩道の青い敷石上を滑って濾過され、薄められた沼となって狭いヴィル＝バッスに拡がっていく。ここでは高級店や、革製やマホガニーの高級家具を備えた酒場があり、元々のとげとげしさはほぼなくなる。とはいえ高所での炭鉱労働者たちの苦難は白い街々の重い空気の中にそれでも溶け込んでいる。ベルギー人の清潔志向で敷石や建物の外壁を何度も何度も洗い、ブラシを擦る音や閾《しきい》にバケツがカンカン当たる音、流水の音が絶えずするので、シャルルロワ訛りの苦情が絶えることがない。石炭がお金に変異するこの地方はマクベス夫人のようなものだ。産業という罪にとがめられたその両手を清めることは永久にできないのである。すぐにお伝えすることになるが、いま描いているこの光景は、別の世界の中、もう一つ別の可能性の路上、別の時、運命の別の緯度のもとに位置づけられたシャルルロワのものである。ただ、いまこうして破産者として独房にいるこの世界に奇跡的に移って以来、そこには行っていないのだが、今回私たちのいるシャルルロワ、同じ運命を共にし私たちと一緒に進んでいくシャルルロワが、私がかつてよく訪れ、みなさんに語っているシャルルロワとは別物だと考える理由もない。

　その街で、毎週月曜日、私は商売人たちの証券取引所に通っていた。この無形商品の市は、運河を囲む数々のカフェの中で行われる。停泊中のタグボートの黒い煙突は白か赤の帯が巻かれ、埠頭すれすれに揃って傾き並んでいる。哀愁を誘う風の下で揃って並ぶ木々のように。濃い煙草の煙に悩まされながら（私は煙草は吸わないので）代理人や支配人や卸売商たちが肘突き合わせているパブの奥で、大きなショーウインドーガラスを通して午後の空の中に私は何度探したことだろう、この冒険好きな森をこうやって自分の意のままに傾けさせる不断の風はどこから来るのかと。

　私はなんとなく商売人になった。父と祖父がそうだったのだ。この仕事にも他のどの仕事にも、特に魅力を感じたことはなかった。素質など、ああ、もっと何もなかった。うちの会社は二代前からずっと安定して安泰で、それを失うことなどありえないと思われた。父は会社を着実に管理し、そのせいで私は余裕ある安定した収支が彼のおかげであることに気づかなかったようだ。当然の利益、例年どおりの収益で、それが当然だった。父が亡くなると、ばねの弱った古いその社長の椅子に私が収まるのは当然であり容易いことだった。ナミュール近郊にあるオフィスの看板は、従ってファーストネームを換えるだけでよかった。私は郊外の丘の上に小塔付きの小さな城を持っていた。母が亡くなってから長年、父と二人きりで住んでいた所だ。それを改装するのに相当の額を支払った。

ところが、私がトップに就いた瞬間から会社は明らかに着実に傾き始めた。父と同じ職務をこなしていると私は思っていた。同じ時刻に椅子に座り、心地よさに同じ唸り声を漏らしていた。忠実なる我らがオフィス主任オルビュス嬢は、二十五年間父に提出していたのと同じ報告を私に対しても行い、同じように仕分けた郵便物を私に回していた。私は父と同じように、従業員たちの後から十二時五分にオフィスを出て、二時少し前、彼らより五分早く戻っていた。父と同じように、毎週月曜日はシャルルロワ、水曜日はブリュッセルに行き、毎月一回製鋼所を巡回していた。もとからお膳立てされていた義務として、普通に教育を受け、ル・クルーゾ［フランス・ブルゴーニュ地方の工業都市］とシェフィールド［イングランド北部］の取引先宅に滞在し、数年間父の営業旅行のお供をし、それからオフィスで父の仕事ぶりも見ていた。その上で、鉄を買ってそれを転売するのが難しいとはいちども思わなかった。私が成功しなかったのもこれでは無理ないと考えざるを得ない。

月ごとに買付業者を失い顧客は不満を抱き、この商社がひたすら冬の終わりの流氷のように溶けていくのがわかった。揺れも疲れもなく漂い続けていたが、私が乗っていた氷の小島は日に日に周囲を生ぬるい水に侵食されていた。顧客に続いて資産も減った。頑張って八時十分前にはオフィスに着き、十二時十五分までは出ないようにし、シャルルロワやブリュッセルでは大工場の役員たちや企業主たちに出すドリップコーヒーを増やしたりもしたのだが、取引額の減少は止まらず、会社は徐々に、閘門《こうもん》を通る船のように、下降していった。私の有能な財産管理人は先日予審判事にこう言っていた。大恐慌が始まったちょうどその時期に私が父親の商売を引き継いだのであって、それが私の弁解になると（ここ数か月間の何ともひどい私の素行の説明には不十分だが、と彼はすぐに付け足した）。この偶然の巡りあわせはあった。しかし私の商才で行った経験があんなものだったので、私が事業に着手したせいで沈滞の病が蔓延し、世界恐慌をひきおこしたのではと思うほどだ。しかし、ここでもまた、誇大妄想には気をつけよう。

そう、私はこのことを笑って話している。とんでもなく異常な運命が他の誰でもなく私を選んでくれた今となっては。そして今ここで、申し分のない独房の中で、野心からも気苦労からも永久に解放されたのだ。それにしてもあの緩慢な破滅は厄介だった。破産宣告をしなければという考えに夜な夜な襲われるほど商売への道義心を持ち合わせていたからではない。怠けがちではあったが幅広い教育のおかげで私は様々なうぬぼれを抱くことになり、それがあまりに多かったので、どれ一つ突出させることもなく、互いを和らげる術《すべ》を知っている。セザール・ビロトーのように卒中を起こすなど、私が破産した時はそんな心配はしなかった。破産宣告が取り消される——何だって起こるものだ——という恐れはもっとなかった。それ以上にナミュールでの私のささやかな財を失うのもそれほど耐え難いこととは思わなかった。私には妻も子供も家族もなかった。私の習慣、つまり新作展示会の時期に二年ごとに購入する車、友人たちの小塔付き別荘での狩猟、齢を重ね毎年棚を増やすたびに愛着を増してきた書庫、そのどれもがそのうち全くどうでもよくなるはずだとは、たぶん当時は考えてもいなかった。世界の啓示が偶然起こって、それらの価値を変貌させるだろうとは知らなかった。しかしすでに破産というブルジョワ的苦難にはさほどおびえてはいなかった。その証拠を今手にしている。かつての範疇を離れて、当時の私と相応の地位を何ら誇る必要がなくなったのだ。貧乏暮らしを怖れるほど徳義心に欠けてもいなかった。私の不安や不眠はむしろ、いやおうなく必ず来るという感覚、つまり転落に向かうこの運命的な前進のせいだった。操り人形のような商売人だった私がいくらあがいても、無駄な抵抗でしかなかった。抵抗する、あがく、そして必死になっても自分が無能だとわかるだけだった。ありとあらゆるつまらぬ解決できない困難で身動きがとれなくなり、交渉中の取引が進まずやる気をなくす。それが破談になるとこまごました悲劇をどっと引き起こす——従業員の解雇、屋敷の売却、いくつかの取引の停止——。決済の強制和議が認められる最低水位へと私はゆっくり降り続けていた。有効な仕事のやり方を見つけられず、私の周りで、危機を乗り越えて戦っていた闘士たちや、まさに人生を賭けて行動していたあの通りすがりの者たちが、どのようにしていたか把握できなかった。一方、私の社員たちはやる気を失っていった。櫂も帆もなく流れにまかせた小舟の舵のようだった。

それでも、冒険に出会ったあの月曜日、まずはそんな受け身の航行を止めねばならなかった。私の方で決断せねばならなかった。ああ、かなりおずおずとした革命で、それでも全く新しい決断で、それが諸事の流れを変えることになった。なぜ別の日でなくこの日だったのか？　倦怠のどんな一滴が退屈という器を溢れさせてしまったのか？　しかし、日々の回り道の中で、ずいぶん前から方向転換は準備され熟していたのであって、それを一気に加速させた謎の事故など見極められないものだ。はっきりと思い出せるのは、その日の午後の間に二、三の不愉快な揉め事にぶつかっていたことだ。取引のやり直しか専売権の譲渡かに関することだった。でもそれは私の凋落へさらに二、三段進んだというだけだった。ポケットにはメモの一枚に前日まとめ直した数字を書いて持っていたが、それは、氷解の法則に従って氷山の重心が突然移動し、その漂流島から私が海に突き落とされる時がもうそう遠くはないことを示していた。それでもまだ私の状況には悲劇的なものはなかった。私は自殺に追い込まれるような悲劇の債務者ではなかった。支払期日という脅威は、その四月三十日にはまったくなかった。塔付きの小館はまだ抵当に入っておらず、銀行口座も余裕で黒字だった。ただおそらく、ベルギー葉巻のとんでもなく息苦しい青い煙が、この居酒屋の、いつも私が座るカウンター近くの右側一角に充満していたのだ。おそらく外では、愛の運命のごとく平行して傾いた曳舟たちの煙突の上で、早春の空が雨雲の切れ目の奥に蒼白い部分を示していたのだ。差し迫った定めのように、突如、逃げ出そうという気になったからだ。

　グラスの縁を指輪で叩いて鳴らしボーイのゼフィールを呼んだことは、さほどセンセーショナルな中断ではなかった。まだ四時になったばかりで、ナミュール行きの急行列車は五時二十分にならないと出発しないのだが。それでもこの退去の合図は私の長年の習慣の放棄を意味していた。ゼフィールの記憶では、証券取引日には五時五分より前に私がテーブルを立つことはなかったのだから。だからもう一回呼ばねばならなかった、そしてやっとドリップコーヒーと水の十フランばかりの支払いを済ませることができた。釣銭を渡しながらゼフィールが確認した。

「こんなに早くお発《た》ちとは思いませんでしたよ、ディウジュさん！」

「街で用があるんだ」と私は答えた。

数人と握手を交わしながらもう二、三回同じ説明を繰り返さねばならず、事業について気のない様子で議論している連中からやっと解放された。そしてカフェから出た。私は自由だった。なんともつましい自由だ、一時間ぶらつくだけの野望だなんて！　だが自由については、神学者たちが真実について語るのと同じことを言わねばならない。それは惜しみなくあふれるものだ、と。いったん生み出された小さな自由は一つの生き物で、木とか子供みたいに、必ず少々恐ろしいほど大きくなるだろう。この歩道に私が踏み出した最初の一歩は、やがて一人立ちしていく自由をこの世に送り出したのだ。

春の小雨は不快ではなく、湿った埃のかすかな匂いを伴っていた。婦人帽子屋は新色の帽子を並べていた。菓子屋には卵形のチョコレートや、雌鶏、兎、ひよこなど復活祭の動物が勢ぞろいしている。街角では売り子が差し出す籠いっぱいのいちごの香りの中を、雲のように通り抜けた。これもまた、大地の黒い部分と人々の労苦が売られる街、シャルルロワなのか？　行き当たりばったりに入り込んだ通りでは快活な若者たちが行き交っていた。まだ数トンの鋼鉄棒の交渉をしなければならないという時に、こんな無為の散策の楽しみなど、それまでできたためしはなかった。記録簿の最後のページの、心につかえていたあのどうしようもない数字のことを忘れてはいなかった。破産は遅かれ早かれ確実だと記されているものだ。溶けていく流氷のことを忘れてはいなかった。でも今は漠然と、藁をも掴みたい気持ちで、海に飛び込もうかと考えていた。

なぜだか今はもうわからないのだが、途中で見つけた上品な佇《たたず》まいの静かなカフェに立ち寄った。たぶん降り始めた雨のせいで。たぶん可愛い女の子のせいで。入る前に彼女を見ていたかは定かではないが。どっちにしろ、私はその子から遠くないところに腰を下ろした。彼女は、口に傾けていたポートワイングラスの金の縁越しに、私を見た。明らかに意志は通じ合っていた。私にはいつも決めていた筋書きがあった。列車か外せない約束の時刻のために時間は三十分と限り、たいした心残りも感じないだろうという無難さを初めから確信できるというものだった。その三十分では、ほんの少し色香に触れ、心地よい酒で言葉の駆け引きをするだけでいいのだ。その可愛い子は、そんな仮初めのロマンスにうってつけのヒロインだと思われた。アプローチの下準備の手間を省いてくれたようなので、私はすでに彼女に感謝していた。そのとき、こんどは三人の男がカフェに入って来た。そして私の隣のテーブルに来て座った。カフェ全体を小部屋に仕切っている壁の一つで、私とは隔てられていた。通りすがりの三人のみなさん、それからシャルルロワのレディ、あなたがたはそれぞれが、ご自分の人生を歩き続けてこられた。そして、この月曜日、白いタキシード姿のボーイの冷めた視線のもとで、あなたがた四人の存在と私の存在とのこの出会いからどれほど計り知れない結果に至るか、永久に知ることはないだろう。

三人の客が入ってきたことに私は苛立った。今となっては、その魅力的な女の子のテーブルに行くのも、こっちに来るよう誘うのも、私にはとてもできないとわかっていた。それで、彼女をこれ以上見るのはやめた。彼女はそれでもまだ諦めずに目配せをしている気がしたので、私はポケットから新聞を取り出した。その日の朝、帯封にして郵送で届いたもので、私の証券仲買人であるビノが発送前に五ページ目の記事に青鉛筆で印をつけていた。

ムノトの鉄道に関する記事だった。この事業の株が（私もいくつか持っていたが）四一〇フランから四六〇フランに上がったところだった。記事によれば、株価上昇はこの会社を国が買収するという噂が流れたためだった。

実のところ、私はろくに読んでいなかった。向かいの女の子にその気をなくさせようと、読んでるふりをすることに気を取られすぎていたのだ。仕切りの向こうでの三人の男たちの会話も聞いていなかった。しかし、突然、少し妙な現象が生じた。新聞を読んでもいず、隣の会話を聞いてもいないのに、手にした新聞と隣人たちが同じことを話しているのに気づいたのだ。ムノトという名前、それが目の前をぼんやりと漂っていたのだが、鮮明に私の視線を釘付けにし、同時に私の耳が横からそれをとらえた。偶然の一致が面白くて、ポートワインの女性からは完全に気が逸れた。

しゃべっている男は政治家に違いなかった。他の二人は質問し、反対意見を述べていた。政治家（議員だろうか？）はムノトの鉄道会社の買収はもはや絶対に疑いなく、結果として株主には少なくとも一株五〇〇フランの利益になるだろうと説明していた。二人の脇役は――ジャーナリストか、それとも証券仲買人かなと、私は考えた――メモを取り、時々質問をしていた。それがとても上手かったので、議員は、私という不可視の想定外の人物のために証拠資料のすべてを開陳してくれていた。聞き手たちの質問は、劇場でのように観客に情報を与えようと見事に示されていて、一連の神の摂理のようだった。同じ場所と時間に私がそこに居合わせていたという偶然も、新聞記事、投資の会話、私の存在のこの重なりもそうだった。

不思議な事件につながるこのきっかけを、大急ぎで説明したい。心理学的説明にも時間をかけたくない。以下は証言だ。事実を書き留めておくだけにしよう。つまり、ポートワインを一杯しか飲まずにカフェを出て、まっすぐ証券仲買人のビノの所へ行ったのだ。

彼は父の証券仲買人で、祖父の証券仲買人の息子だった。彼のところではもちろん、私が売ったり買ったりの指示を出すときに資金を出すのは問題ではなかった。ただ私はめったに証券取引をしていなかった。ムノト資本一〇〇〇株を期限付きで買付けてくれるよう頼むと、彼を相当驚かせた。思い出すが、彼は私の明細書を手に取った。窓口でこの重要書類の上に身をかがめ、私の目の前でつるつる頭を左右に振っていた。その頭では電灯の灯影が風車の羽根のように回っていた。私の心臓は脈打っていた。まるで悪事を働いているかのように。それとも初めて幸運を待つかのように。彼は何と言うだろうか？　私には思いもつかない技術的な障害を示して反対するか、取引を非難し文句をつけて、あっさり思いとどまらせたいのだろうか。二人の客がちょうど入ってきて順番を待っているし、すでに敵意を含んだような彼らの沈黙を背中に感じて、私はあえて異議を唱える気になれそうもなかったから、なおあっさりといくだろう。いや、違った。彼が立ち上がった時、眼には嬉しそうな気持が表れていた。私たちは相場の上限について合意した。かなり高く設定すべきだった。というのも今の高騰は、この大口購入でもっと加速するはずだから。私は明細書にサインした。ビノは戸口まで送ってくれた。

運命はできすぎのシナリオを整えてくれ、次には私を電報局の前を通るよう導いた。入って、ブリュッセルにいる私の仲買人に、ムノトの資本五〇〇株を期限付きで買うよう指示した。翌日には同じ指示をナミュールにも出すだろう。

それから私は、新たな力と解放感に満ちて駅へ向かった。五時二十分だった。私の乗る列車が待っていた。だが、地下道から出ていつもの決まった道に出たところで、私は出発予告の掲示を見た。五時三十五分、プラットホームの反対側の線で、オステンド行きの急行だ。海の方へ向かっていくそちらの線路を見つめた。ナミュール行きの列車がしゅっしゅっと音を立てている線路と、平行に延びている。この二本の鋼鉄の道は、互いに等しく、互いに無関心であった。そのどちらかを私には選ぶ権利があるという心地よい印象にとらわれていた。それまで考えたこともなかった。いつものように小塔の館へ戻り、家政婦が仕切っている孤独な夕食をとるこの時刻に、あろうことか海辺へ向かう列車に乗るなんて……新しい生、自由な生がみなぎっていた。駅のプラットホームが、雨を吹き払い雲や靄《もや》を散らす一陣の風の中で、突然波止場の匂いを放った。ナミュール行きの列車の扉は閉まろうとしていた。閉まるに任せ、列車が出発するのを見送った。オステンド行きの急行が到着した。私は颯爽とそれに乗った。直前に『株式便り』を買っておいた。車両が動き出した。奴隷状態から私はついに抜け出したのだ。

私は投資新聞を開いた。そこで読んだのは、ムノトの鉄道が国家に買収される噂は打ち消されたこと、そして株券は三五フラン下落したことだった。

III

それは冒険に乗り出した私の新しい生き方の終わりで、つまりきっかり八十分しか続かなかったということだろうか？　私は車室の隅っこにいた。新聞は膝の上に落ちていた。夢から覚めたと思った。フランス人観光客の家族――父、母、それに十五、六歳の高校生――がまだ席に落ち着かず、網棚に手荷物を押し込めようとしていた。ありふれたかばんで、めったに出かけない部類の旅行者がいつの時代でも選ぶ代物だった。父親は教育功労勲章をつけており、私に愛想よく話しかけてきた。繰り返し二回。しかし返事は、列車で乗り合わせた外国人に対する最低限の礼儀もわきまえないものだったと思う。私は自分のしでかしたことに少々茫然自失状態だったのだから。

振ったばかりのサイコロについて、全財産を危険にさらしたとまでは言えない。というのもムノト株がその価値の三〇％を失ったと仮定しても、私はまだ屈することなくこの大損失を引き受けられたからだ。それに、何よりサイコロは取り戻せた。注文は翌日にしか執行されないはずだ。証券取引所が開く前に二本の電報を打って解約するだけでいい。つまるところ、私が恐ろしかったのは、私の軽率な行いが招いた結果ではなかった。軽率な行いそのもの、私を捉えたあの不意の眩惑が恐ろしかった。夢遊病者とか癲癇《てんかん》患者が二次的状態から抜け出すとき、自身の人格についてこの種のどうしようもない恐怖心を抱くに違いないと思う。私の場合はこの恐怖に賛嘆のようなものも混じっていたと言うべきだ。酔いから醒め、再び破産に向けて憂鬱に歩んでいるナミュールの実直な実業家に、つまり親から相続し落ち目になったその日の四時五分前までの商売人に再び戻ったギュスターヴ・ディウジュは、いきなり自分を証券取引所の立派なカフェから美女や政治や金融の会話のあったバーへと道を逸らせた、もうひとり別のギュスターヴ・ディウジュに唖然とするしかなかった。そいつは自分を投機に飛び込ませ、オステンド行きの列車に乗り込ませた。そして『株式便り』の六行が、鶏鳴が亡霊を墓に戻すように、彼を虚無へと送り返したところなのだ。それでも亡霊は疑いなくいた。地上に来て、実際の痕跡と確実な証拠を残していった。

なぜならそいつの仕業で、私はこんな時間にブリュッセル、そしてオステンドへ向かって走る列車にいるのだから。本来ならいつもの車室でナミュールに戻るはずで、私の座席があと三人の鉄販売人の席と一緒に予約してあった。シャルルロワからの帰りには欠かせないホイスト仲間の三人だ。突然、迫りくる平凡な日常という見通しに直面して、ある見知らぬ私自身が起き上がり、新たな扉へ向かって救済を求めたのだった。それは資産家である私の一族が何世代にもわたって断罪してきたものだ。「偶然」という魔法の扉だ。だが、その逃走もあまりに短かった。相場は飛翔しかけたと思うと再び下落し、株式情報によって翼を折られてしまった。この逃避の企てがもたらす唯一の結果は、ナミュール行き列車に乗り換え、ブリュッセルで虚しく方向転換をしたあと、遅い夕食をとることだろう。

私がした株の買い注文がもし撤回不可能だったら、この車両の中で悔しさにひたすら苦悶していたことだろう。破産は加速し、決算すべき期日もそれだけ近くなるのだ。しかしこの打撃は取り消せると気づいて、まもなく私は落ち着きを取り戻した。そして、そう時間はかからずに思いついたのだが、この情報はおそらくそれ自体が本来投機的なもので、こんなふうに仕組まれた下落のおかげで、注文をそのままにしておけば、より安値で買うことができるのではないだろうか……新しいギュスターヴがこうして舞い戻ってきて、私は思わず微笑んだ。それじゃあ、鶏鳴と『株式便り』は結局彼を追い払ってはいなかったんだ！　ブラバント地方の平原の起伏を抜けていく列車での逃走が、なぜだかもっと楽しく思えた。まるで、すでに親しみを感じていた不可視の存在が車室に戻ってきたかのようだった。――自由という存在だ。

この車室は、心配事が和らいだので気づいたのだが、フランス人家族の座っている側が少し賑やかになっていた。紫色の勲章を付けた紳士が、列車がワーテルローを通過すると告げて、妻と息子に有名な戦場についての簡単な歴史を話していた。記念碑の丘が見えたとき、彼らは三人とも様々な感嘆の声を上げて敬意を表した。他にすることもなかったので、私も彼らのように窓から、夕暮れの空にくっきりと浮かぶその建造物を見た。丘の黒っぽい三角形、その上に大きく広げた翼、偉大なる勝利の鷲がそそり立っていた。

私は狂ってはいない。この抗議が何も証明してくれないことはわかっている、がどうしても繰り返さねばならないのだ。ありのままの想い出をここに語ろうと私は決めた。たとえそのせいで、とてもつらいだろうが、特別診療室に連れ戻されるはめになるとしても。これからみなさんにお話するのは、私が三十五年間生きた世界が、我々のいるこの世界とはどのように別の世界だったかということだ。あの夜、ワーテルローの丘の上にそびえていた象徴、それはフランス皇帝の鷲であって、ベルギーの獅子ではなかったということ。車室にいた先生は、通りすがりにラ・エ＝サント農場、モン＝サン＝ジャン農場、オグモン城を何とか見分けようとしてできなかったが、ナポレオンがイギリス軍の威力を打ち破って手にした大勝利のことを語っていた。敗北ではなく。いかにして、夜の七時、ブルッヒャーの到着を目にすることを諦めウェリントンは退却を命じたか、またいかにしてこの退却が、フランス騎兵隊の見事な働きによって蹴散らされ、ソワーニュの森の隘路の中まで行って壊滅させられたか、そして、ばらばらになったイギリスの師団たちにネー元帥がいかに疲れを知らぬ追跡を行い、ついに、オステンドで嵐のせいで出航できずにいた陸軍元帥ウェリントン公と参謀全員を捕えるに至ったか、彼は話していた。さらに話は続く。いかにしてプロイセン兵たちが、デュエームの若い衛兵隊によってプランスノワへの道を阻まれ、夜八時頃に退却命令を受け取ったか。その時フォールヴェルツ老元帥は打ちひしがれ、イギリス軍の敗北を確信したのだ。またいかにして、騎兵隊に追跡され、リマールで夜間の戦闘中にグルーシーから側面攻撃を受けて、ブルッヒャーの軍隊が散り散りにティルルモンやハッセルルト、ルールモンド方面へ引き返したものの、箍《たが》の緩んだ彼の連隊をドイツ国境の手前で立て直すに至れなかったか。専門家だ、この立派な先生は。戦いは私にも大変なじみ深いものだったので（小説から歴史に関心を移す年頃だった）、興味をもって聴かないわけにいかなかった。ただ驚きはなかった。何の驚きもなかった。というのも彼が語っていたこと、そして皆さんが馬鹿々々しい作り話として読んでおられることは、これほど詳しくはなかったが私が学んでいたことであり、誰もが教科書で学んでいたこと、そうなんです。そういうことです。みなさんの錯覚ではありません。そして私が書いていることは、その逆がみなさんには確かだと同じく、私にとっては確かなのです。私には、四か月前のとんでもない事件までは、ワーテルローとはフランスの勝利であり、ナポレオンの戦勝の中でも最も華々しいものだった。パリでは、ベルギーから到着する駅はワーテルロー駅という名前だった。そのかわりにロンドンで皆さんがウォータールーと呼んでおられる駅は、ありふれた分岐点ということで、セントジョージという名前だった。ミシェル・ネーの子孫たちはエルシンゲンとモスコヴァの称号にさらにワーテルローとオステンドを加えていた。また、シャルルロワからブリュッセルに至る道の左手、オアンの窪んだ道のあたりで、記念の円丘上に聳えるのは、勝利の翼を広げた鷲だった。

以上が私が破産に至った理由であり、狂人と判断された理由だ。こんなわけで、狭い独房にいて、私はいま人類で最も満ち足りた者になっている。私は、一二〇年前の昔、固定され変更不可能だと判断されていた出来事が、定められた流れを曲げるのを目にした人間だ。その流れは既知の成就された運命だと思われていたものだった。私が出会って友人になった一人の転轍手の意志によって、流れは従順に進路を変え新たな道をとった。私は、過ぎ去った時間が不変ではないと知っている人間なのだ。心地よい石灰でできた監獄の四壁面の中で、様々な可能性のどれほど広大な場をこうして私は隠し持っていることか。それは、私の行き過ぎた思い上がりが許されるならば、おそらく想像してもらえるものだろう。

IV

　さて、新たな人生の悪魔は、『株式便り』によって一瞬追い払われたものの、ブリュッセルに近づく列車の中に再びごくひそやかに忍び込み、私の思考をこっそりと煽り立てていた。やつが私を海辺へと向かわせたのだ。株注文については、翌日までよく考えることにした。どっちにしろ、こんなばかなことをしてしまったのだから、オステンドまでこの列車の中にいよう。夜八時までには着くはずだ。海辺の空気が助言をくれるだろう。夕食をとったら、突堤を散歩しよう。そうやって日常から離れれば、どう解決すべきかもっとよく考えられるだろう。

　オステンドで、同室のフランス人たちに挨拶し、網棚にぎゅうぎゅう詰まった柳細工のスーツケースを引き抜いている彼らをあとにした。私の方は身軽で荷物もなく、大海原に向かって大きく開かれたこの海辺の駅の明るいホームに降り立った。塔の小館の家政婦に電報を一本打つ、彼女の不安を鎮めるために。ドックに犇《ひし》めいているトロール船に目をやる。網や帆は秋のままだ。歯磨き、歯ブラシ、石鹸を行き当たった最初の店で買い、突堤の方へ行った。人はいなかった。日が暮れようとしていた。長い雲の拡がる夕べで、雲は暗い海の水平線に消えかかる緑の筋を残していた。潮は引いていて、浜は人影がなかった。無言の海は、小雨の日らしい完全な静けさだった。しかし雨はもう降っていなかった。そよとの風もない大気中に、植物は全く生えてないのに、春の訪れが不思議と確かに嗅ぎとられた。

夕食のレストランを選ぶのはさほど困らなかった。突堤にあるほとんどどの建物もまだ、鎧戸で固く閉ざされていた。店の英語の名前が巨大な黒文字で書いてある醜悪な鎧戸だ。カジノは、豪華に見せかけた巨大な公衆便所のある、他には類を見ないドーム形の建物で、どっしりと前方に突き出ていた。そのすぐ近くに、それでも一軒の開いている居酒屋があった。私は窓のそばに席をとって、海が暗くなり、港に戻ってくるトロール船の灯りが灯るのを眺めていた。灯台から筆で引かれた白い三本の線が、半円の夜空を規則正しく通過していた。それらが私の散漫な思考に拍子をつけてくれ、私はかなりゆっくりとだがそれらをまとめて、行動を決めようとしていた。

一つ気になっていた。ビノは、四時過ぎにはムノト社がその日につけた相場を知っていたはずだが、下落のことを私に知らせてくれなかったのはどうしたことか？　金融新聞に掲載された打消しの情報を私に教えてくれなかったのはどうしたことか？　彼の雇人たちも、証券取引中にすでにそれを知っていたはずではないか？　信頼していた昔なじみの男に騙されたのではという疑念に私は苛立ちを覚えた。が、こんなに完全にバカンス気分を味わえることで少しそれも収まった。人のいないこのオステンドで世間からこれほど完璧に隔離されているのだ。そこで私は翌日の朝を待って注文を取り消すことに決めた。電話でそれができるだろう。そして意外だった沈黙についてビノに問いただそう。ついでに取引について、私の株式仲買人としての意見を聞けるだろう。この時間稼ぎの解決策には、なかなか賢明で慎重だという尊大な考えを抱いた。私を非常に良い気分にしてくれた。二つの道もまだ開かれたままだ。型に嵌《はま》ったこれまで通りの人生の道と、偶然に任せる道だ。選ぶのは先延ばしでいい。私がオステンドにいることには動機も理由もない。それがさらに非現実的な彩りを添え、私を有頂天にした。世界から抜け出したような気がした。邪魔物と言えば、上着のポケットの中で薄葉紙がかさかさ音を立てている小さな包みに入った歯磨きと歯ブラシだけだった。灯台は、平然と、その三本の駿足の束を海上に延ばしていた。鋼鉄棒も、手数料抜き価格も、不良債権も、税の申告も、はるか遠くのことに思われた。三杯目のビールを注文した。

あの夜のオステンドが置かれていたのが、この本をお読みのみなさんの世界とはどれだけ途方もなくかけ離れた世界か、みなさんが学んだ、可能性の及ぶ範囲の境界をどれだけ超えた世界なのかを思い描いてみたければ、次の細部一つでも十分でしょう。私が夕食をとっていた場所から五〇〇メートルの所に、ネー競馬場という名の馬場があった。中央入口の前には、跳ね上がる馬に乗った元帥の騎馬像があった。エルシンゲン公にして、モスコヴァ、ワーテルロー、オステンドの公にして、素晴らしい装填手であり、彼は六月十五日と十八日の味方の弱点を挽回すべく、三日間、ひと時たりとも休むことなく追跡を続けてイギリス人を引き留めた。こうして敵の退却を遅らせて、グルーシーに時間を与え、再び迅速にアントウェルペンに上り、敗北軍がオランダに向かう道を断ち切らせるようにした。元帥は、もうもうと土煙を立てて速駆け、兜の煌めく飾り毛を嵐の風になびかせてやってきて、オステンドの桟橋上でトレス・ヴェドラスとタラヴェイラの勝利者たるウェリントンを捕え、その剣を受け取った。

勘定書と一緒に、私は列車の時刻表も頼んだ。というのも、その夜のうちにナミュールに戻るか、オステンドで泊まるか、途中のブリュッセルなら零時前につけるだろうからそこで降りるか、まだわからなかったからだ。皺くちゃの紙の音がする軽い荷物がポケットにあるだけだったから、ともかく身軽だった。めったにない自由なこの時間を引き延ばしたかったので、列車の時間がわかっても、まだ留まるか出発するか決めかねていた。この心地よい精神状態で、私はレストランを出た。突堤に沿って灯台の方へ向かった。私はこの一角が好きだ。豪華ホテル群からは遠く、航路の入口にあたり、戸口の前にプレイス（カレイ）の数珠つなぎの束が干してある漁師街の近所だ。そして灯台が風車のように回って突堤や街や沖に投げかける、あの光の腕に守られている。夜の冷気に包まれた、心地よい散策が期待された。ドックの小型船が長々とロープを引く音を聞きに行こう。そして暗がりの中で船の群れがきしみながら揺れるのを眺めよう。桟橋に通じる小さな浜を横切ろう。都会用の靴の下で細かい砂が柔らかく沈むことだろう。それから桟橋の板に響く海の音。べた凪にもかかわらず、桟橋の突端で、大きな白い手すりにもたれて、暗闇の中で波がかすかに砕ける音をうっとりと聴くことだろう。その時に、私はよく考えて人生の方向を定めよう。

計画を変更するために、初めは元気づけてくれる嬉しいあの雨は必要だった。私は明るくそれに顔をさらしていた。が、やがて雨は私に襟を立てさせ、ついには冷たい染み込む小糠雨の大雲となって、凍えさせるような湿気がコートを通り抜け体に入り込んできた。この不快な霧雨の向こうに、カフェの灯りの光輪が輝くのを見た。突堤のこちら側で開いている唯一の店だった。その日私が辿った道に運命が配置していた最後の段階に踏み込もうとしていた。それまでの諸段階には、創意工夫が足りないのではとも思うのだが、運命は同じように飲物屋を選んでいた。このカフェは今もある。事件以来、勝利にまつわる名前は敗北の名前となり、多くの論説が消滅し、生きていた人々、あるいはそれまでに生きていた人々も、存在したことのないものになった。それでもこのカフェのガラスには、イギリスの街から採ったその名前が白い文字で書かれ続けている。今でも突堤の端、灯台からそう遠くないところにあるこのカフェを、みなさんも確認できるだろう。灯台は今でも水路の反対側で超然と三つの光の翼を、それが覆うオステンドの家々の屋根や特定の人類の上に伸ばしている。カフェでは樽素材のテーブルや、茶色のビロードを張った低い背もたれの椅子、背の高いスツールのカウンター席の前で所在なげにしているウェイターが目に留まるだろう。でも、ああ、そこで会うことはないだろう！　あの夜、弱い灯りに照らされた部屋の奥で、ベルギーのしきたりに反して白ワイン用グラスでウィスキーを飲んでいた二人の男には。

若い方は――二十八歳くらいだ――自然な上品さでさりげなく、季節外れの明るい色のフランネルのしゃれたスーツを着こなしていた。髪は無造作に跳ねていたが、自然なまとまりは保っていた。

この微妙な色を表すのにイギリス人はオーバン auburn［赤みを帯びた栗色の］という言葉を持っている。それは我々のシャタン châtain［栗色の］という言葉よりもぐっと優しい響きだ。この茶系色が波打っている髪、くすんだ顔色、意思が強そうでいて繊細で悲しげな口をそなえた彼自身、オーバンと名乗ってもおかしくなかった。名はハーヴィーだった。すでに見た目だけで人種を間違えようがなくて、思ったとおりイギリス人だった。指傷のある手を、かなり大きい額にときどき当てていた。異様に大きくて起伏のある額で、そのせいでイギリス絵画の中のこの上なく端正な男たちと、完全には重ねられなかった。

もう一人は、かなり長身で肩幅が広く、着古して襟の薄汚れた黒い上着と、ビール腹の上で皺になったグレーのベストを着ていた。大きな頭で、顔立ちはもう一つ、禿げていて、ちょっとソクラテス風、陶器のような青い眼で、たいていはその顔を後ろに軽く反らせていた。前景は見ずに上の方へ視線を向けていた。それでも目前の、テーブルの上に置いたウィスキーグラスは無視せず、話しながらグラスの脚を指で挟んで回していた。しかも私とちょうど同い年だった。なぜって、彼は中等学校時代の私の親友ジュール・アクシダンだった。

「アクシダンじゃないか！　おい〈大惨事《カタストロフ》 Catastrophe〉！」

「ディウジュ！〈神の戯れ《ルディブリウム・デイ》 *Ludibrium Dei*〉、か！」

彼だった。禿げ頭以外は、二十年前と変わらない。ただ、学校の椅子が彼の図体には小さすぎて早くから兆しはあったのだが、堂々たる恰幅の良さが出来上がっていた。彼がオステンドの中等学校教師になっていたことをどうして忘れていたんだろう？　そのことは聞いていた。ただやっとこのときになって、アクシダンがどれだけ賢かったのかがわかった。ホテル経営者や船主の子息たちにラテン語やギリシャ語を教えにきているのだ。大きな手の中でウィスキーグラスを回している彼を見れば、生き方の見当がついた。それを垣間見て私は嬉しかった。毎朝授業に行く、港の大きな丸い石畳の道、干しカレイの房の間を抜けて。冬には、海底から響くかのような霧笛のうなりに溢れた霧の中を通う。夏には、ホテルで眠っている人は知らないだろう八時前の、軽やかな日光の中を通う。庭園や貝小売店やイギリス風ペンションのある通りで到着だ。夏は涼しく、冬は暖かい教室。ここで、フランドルの二十人の若き知性たちの危険な土に、少々刺激のきつい古代詩人たちの種を風一杯にまき散らす。修道院か兵舎でのように、自分の焼きパンを食べる。そして毎晩、灯台のワインショップに、高い度数の闇ウィスキーをもらいに来る……そんな人生を、私は友の威厳ある顔に読み取っていた。

その間、彼は我々の出会いに歓喜の声を上げ、それから連れの男に私を紹介した。レスリー・ハーヴィーはその灰色の眼と異様に高い額のせいで重々しいが魅力的な顔に、満面の笑みを浮かべてくれた。私は彼らの席に座った。そして、アクシダンがモーゼルワインを注文しつつウェイターに目配せをしたおかげで、まもなく私の前には、霧の香りのするかなり度数の高い飲み物が置かれた。二人は少々親切すぎるくらいに私をもてなしていた。しかも、彼らのは一杯目のウィスキーではなさそうだったが、私が店に入ったときの彼らの態度から、それほど楽しく飲んでいるとは思えなかった。夜を過ごすのに、第三者の私が入るのをむしろ喜んでいた。

「すごいな」と昔の同級生が言った。「いつかオステンドで君に会えるとずっと期待していたよ。考えていたんだ、最善をねらうあのディウジュ、あの恐ろしい資本家は、きっと時々海辺に来て人通りの多いところを散歩するだろうってね。会えるとしたらカジノの前で、六月頃にちがいない、白いバックスキンの靴を履いて、オペラグラスを首から下げて、公式訪問の国家元首のような笑みを浮かべて、突堤のベンチに並んで座っている老婦人や乳母たちを閲兵するように通って行くんだろうってね。勝手に悪くとっていたな、すまない。再会したのは居酒屋で、復活祭の二週間前だ、ひどい天気だし、鉄鋼仲買人の地味な靴を履いてるし、おまけに今は足首まで泥だらけだものな！」

アクシダンに、昔と同じようにからかわれるのが嬉しかった。私もすぐに、彼の腹を当てこすって言い返してやった。こうして、たちまち私たちは若い頃の打ち解けた調子を取り戻した。あの頃私たちは、授業時間中に空中で投げ合って、型通りやでたらめのラテン語でホメロス風の悪口を書いたメモをやり取りした。特にトゥール・ド・フランスの時期には、この文通は大荒れになった。アクシダンはフランスチームが勝つのを応援していた。ラピズとかいう選手がすごかったのだ。彼が先に自分のひいきを選んでしまったので、私はベルギーチームのファンだと言わねばならなかった。《トゥール》は、一九一四年以前は白い埃のたつ道で真夏の数日間苦労して行われていて、その間私たちは学年末の作文に苦しんでいた。生徒監督たちが私たち二人の机の間を飛び交う小さく丸めた紙をもしキャッチできていたら、さぞ驚いただろう。ときたま彼らも怪しんではいたが、もう遅い、紙玉の軌道は目にも止まらない速さだ。なにしろ、試験問題の手引きとかサルスティウスの一節の翻訳ではなく、こんな感じの掛け合いが書いてあったのだ。〈[ラテン語で] おい、間抜けのベルギー、おまえたちにはもうレースに勝つ見込みはないのではないか。我々は強力な選手たちを有している。そっちは、それさえもいないのだからな〉返信はこうだ。〈おい、最悪の厚かましいやつめ、おまえの言う《ちょっとした事故》を、ギリシャ人は単に《破滅》と呼ぶだろう、その時ラピズがガリアに向かうのを待って、未来のキャベツどもを食ってしまう〉

こんな悪ふざけで友情が深められるものだ。その夜私は、ウィスキーのせいだけではない新たな歓迎ぶりに、そのことを感じていた。ふけのついた上着の少年への心からの愛情とともに、あの口答えも私は思い出していた。ある朝、彼はそのせいで、堂々と進んで授業から追い出されたのだ。歴史の教師で、授業中に道徳的でとことん悲観的な格言をどっさり盛り込むやつがいた。「みなさん、人生は毎日楽しむばかりではないと覚えておきなさい。みなさん、人生では、快楽を犠牲にすることも学ばねばなりません。人生では、みなさん、良いことよりも悪いことの方がふいにやってくるのです……」さて、ある日のこと、この陰気な預言者が彼の「人生では」を積み重ねていた時、アクシダンが手を挙げて、無邪気な期待を込めた様子で言った。

「それじゃあ、別のところでは？」

この夜、まさに人生とは別のところで、彼と再会したような気がした。彼の弾んだ言葉を、私は楽しく聞いていた。雨が無人の突堤に打ちつけていた。イギリスの酒の香を嗅ぎながら、暖かい雨が薄い表面を濡らし、やがて突堤の渇いて塩分を含んだ砂を覆っていくところを私は静かに思い描いていた。灯台が、運命の巨大な車輪のように永久に回り続けるのを思い描いていた。夜の列車にもう一度乗るなど、もはや問題外だった。

V

私たちの友情にはいつも相反することがたくさんあった。アクシダンは第七学年［中学校七年間の一年目。十一–十二歳］から詩を書いていたが、私は第二学年［十六–十七歳］になっても、わざと削除や引き延ばしのされた十二音綴《アレクサンドラン》りの詩を訂正するように言われても、もとの十二脚に戻せなかった。アクシダンはややマルクス主義者だったが、私は保守主義者だった。アクシダンは勉強しなくても何でも知っていたが、私はぱっとしない生徒だった。でも勉強熱心で、授業はいつも理解するが、試験はだめだった。こんな違いのおかげで私たちはいっそう仲良くなり、時々意見が一致することがあると、その価値はいっそう大きくなった。

だからこの夜、冬のオステンドが好きなんだと言うと、友は私の肩をばんばんと叩いて賞賛した。

「彼は冬のオステンドが好きだって！　聞きましたか、レスリー？　それにこんな雨の中をワインバーまでやってきてぼくたちを見つけてくれた。ね、レスリー、すごいやつでしょう？　ナミュール人ていうのは、春分頃にしか海辺には来ないんですよ！　どうです、さあ！」

ハーヴィーは真面目な人らしく、灰色の眼の表情は変えないで微笑んでいた。私は、ナミュールに戻る代わりに急に海辺に向かおうと決めたので、荷物はないと説明すると、気品あるイギリス人は微笑むのをやめてじっと私を見つめた。

「本当に自分の欲求だけを満たしに来たのですか？　ナミュールでなくオステンド行きの列車に急に乗りたくなって、その願いを叶えるために？　ということは試してみますか、ジュール、どうです？　まったく根拠不明のケースだが、ね！」

彼はほとんど訛りなく話していた。少し女性的な声、意外なコントラルトの声で、熱のこもった調子は多彩な褐色の髪に似合っていた。アクシダンは鷹揚な笑い声を響かせた。

「そのとおり、レスリー。彼にはできる、保証しますよ。どうやら確実に我々の仲間になってくれそうだ。ああ！　わかってる、あなたは慎重だし、信仰心が試されていない洗礼志願者を軽々しく迎え入れたくはないでしょう。しかし、いいんじゃないですか、このナミュールの正直な商売人は。車両側面の行先札を見ただけで、まともな道を外れて、街で女の後を追いかけるみたいに海に行くやつですよ」

この過分な褒め言葉に私は少しばつが悪かった。全部話してなかったからだ。オステンド行き列車に乗ったのは、四分の三まで破産していたことも少しあるし、証券取引の相当大きな打撃を受ける危険を冒したところだったし、いつもの決まった道でナミュールに戻れば後悔と不安でやりきれない夜を過ごすことになっただろう。それでもすべてを話せなくて、単なる思い付きをやってしまった変わり者という役どころをいくらか喜んで受け入れた。この内緒の嘘のせいで、審理を経て刑務所へと導かれることになるとは、まさか思いもしていなかった。

「アクシダン君」とレスリーは、眼の中の真面目さはそのままで、例の微笑みを浮かべて言った。「あなたはほんとうに、僕たちがここで秘密の会合をもっているみたいに話すんですね。そうだとしても、お友だちが仲間になりたいと思われるかはわからないでしょう?」

アクシダンは悠揚として肩をすくめた。

「よし言おう」と彼は私に話した。「ハーヴィーと僕は、本質的な点については同じ考えだ」(彼の話は、とても信じられず意表を突くもので、再会して五分も経たないのに、すぐに重要情報や打ち明け話にこうして巻き込まれたのだが、アルコールの醸し出す快いオーラで、その異常さも和らいでいた。バーの奥の方では、模造マホガニー材の家具が暖かい雰囲気を作り出していた。ウィスキーの金褐色にはモーゼルグラスの透き通った緑が混じり、トパーズが燃えるように、かわるがわる私たちみなの指に立ち上っていた。煙草が青い煙の層を積み重ね始めていた。そして私は知っていた。灯台の三本の光がどんなリズムで優しく触れてくれているか。それが見えない光の拍動となって私たちの頭上を絶えず通過し、雨と海の外れで、少々酔っぱらったこのたわごとのコンサートを編成してくれていた。)「うん、僕たちは本質的な点については同じ考えだ。でも同じなのはそれだけだ。だから当然、いつも言い合いをしている」

彼が本質的な点と呼んでいるものが何なのか、私にはまだわからなかった。しかし私は漠然と賛同して、心臓がどきどきした。そして、あの派手な悪ふざけの調子で尋ねた。修辞学での僕らのいたずらを思い出させるものだった。

「本質的な点！　僕は薔薇十字団兄弟会の只中に入り込んだわけだ。で、君たちはこれから僕に世界の本質を教えようと？」

「そうだ、ちょっと驚かすけど、理解はできるよ。君は最大限の偶然によってここに入ってくる（僕はこの言葉を言うとき手を上げるよ、それが儀礼だ。《偶然》と口にするときは敬意を表さないとね。そのこともまたわかるだろう）、君は懐かしいカタストロフに再会する、するとそいつは出し抜けに自分は真実を握っていると君に告げる。つまらない福音だ！　おいエドゥアール、モーゼルを三つ頼む」

グラスがウィスキーと炭酸水で満たされると、私は冗談にまぎらわせたくなった（でもそれが冗談ではないことも密かに願っていた）、で、ハーヴィーに話しかけた。

「正しい言葉を聞かせてもらい、その新しい真実とは何かを知ることはできますか？」

ハーヴィーは口元ももう笑ってはおらず、私に答えた。

「言葉は危険です」と彼は言った。「言葉について意見が一致するのは難しいです。アクシダンは、私たちが行き着いた夢、しかし私とは別の意味に理解している夢は、「自由」という名だと考えています。たぶん正しいのでしょう」

またアクシダンが大笑いした。一方私は、待ち構えていた大きな言葉にショックを受けて少し震えていた。

「「自由」！　あはは、それはいいね！　君は見事に担がれたか、それとも僕たちを極めつきの馬鹿だと思ってるだろう！《「自由」！　こいつらが見つけたのはそれだけか？》ってね。うん、そうなんだ、それだけだ。で、それだけ、とは、つまりほかに見つけるべきものは何もないということだ。言ってもいいかい？「自由」とは何なのか、君は考えてもいない」

「考えてるよ」とすぐに私はきっぱりと言った。

実際、午後以来、私はそれを見つけ始めていた。

「そうか？　政治学者の虚言を出してくるかい？　我らが栄《は》えある自由党の公約とか。それとも自由意思理論を唱えてくれるのか？　ちがう。僕らまでは、つまりおととしの秋のある晩、ちょうどこの居酒屋でレスリー・ハーヴィーとジュール・アクシダンが出会うまでは、自由になれることを、人類はまだ思いつきさえしていなかったんだ。自由とは人類にとって、オステンドの港のその辺にいる見習い水夫にとっての四次元の概念と同じくらい、未知の概念だった」

彼は、指で挟んだウィスキーのグラスをゆっくりと動かし続けて話していた。霊感の気体をよりよく引き出そうとするかのようだった。彼の相棒は、蜂蜜と航海の匂いがする小さな紙巻きたばこをひっきりなしに吸っていた。私はうわの空で聞いている美しい顔をじっと見ていた。大きすぎる額がその顔には惜しい弱点になっていた。

「そう、人間の条件はその時まで、自由になれるとは思えないものだった。政治的な自由は、本当に自由にしてくれると思うかい？　赤［共産主義者］にでも白［王党派］にでも投票できるからといって、それで君に、健康と病、オステンドの空とカプリ島の空の間での選択権を与えてくれるか？　心の自由、それは存在するか？　間違いをして君は後悔しないでいられるかい？

　人間はすべてのものに鎖でつながれている。何より自分の行為の結果に縛られている。まずはそのせいで、僕らは自由でありたいという希望を持つことさえできないでいる。どんな原因にも結果がついてくるからだ。ワインを引き寄せておいて飲まない、飲んでおいて酔わない、酔っておいて肝臓を傷めない、という自由がきみにはあるか？　金を貯めれば金持ちになるしかない、金を窓から捨てれば破産するしかない。性交すれば子供ができる、――よく聞けよ――一日生きれば一日年を取るしかない、どうしようもない生き物なんだよ！

　君はうんざりしたことはないかい、連鎖したこの世界に？　券を買わなくても宝くじに当たるとか、五日の翌日が六日とは限らないとか、父親なしでも子供が生まれるとか、水を飲む人も僕らと同じように酔っぱらえる、といった世界を夢見たことはないか？　それを僕たちはやったんだ、ハーヴィーと僕とでね。「原因」に対して宣戦布告をしたんだ。もうどんな結果にでも出会えるという人類の夢を打ち立てたんだ」

「それはすごいね」と私は興奮して言い、グラスを飲み干した。

　同時に我々の青春時代のかなたから、魔法のような詩の半句の歌声が聞こえてきた。《花の種を撒

い、い、い、い、い、い、い、い、くことなく生まれてくる……》

「すごいだろ？　いちばんすごいのは、一緒にその頂上に着いたとたんに僕たちは分かれたことなんだ。啓示をうけた途端に分裂したんだ。見てのとおり、僕たちはお互いに、相手を異端だと責める党派にいるからね…… 冬があとに来ない夏、種のない花々と言った理想郷に憧れることでは同じ考えだ（彼もまたオウィディウスの詩をきっと思い出していたのだろう）、でもすぐに、そこに至る方法については対立した」

「それじゃあそこに行き着く方法も考案したのか？　しかも、別々のものを発明した？」

「そのとおり。僕らを空論家と思ってないか？　おいエドゥアール、喉がカラカラだよ！　君には言っておこう、君にはね。自分の欲求以外の理由もなく、こんなひどい天気の夜に、普段の責務の束縛から逃れてオステンドまで来たんだから。そうやって、君は原因から自由になるにふさわしいと見せてくれたのだから。というか、僕に言えることは言っておこう。ハーヴィーのやり方には彼だけの秘密があって、構わないと判断したら自分から君に教えてくれるだろうから」

私は問いかけるようにイギリス人を見つめた。彼はかなり上の空で夢想していたのを、煙草とウィスキーの靄《もや》を超えて私たちのところに戻ってきたかのようだった。

「そうですね、」彼は言った。「あなたのお友達は、つまり私が取り組んでいる非常に具体的な科学的研究のいくつかを、理想で彩ることができます。私の研究を説明しても、きっとあなたには面白くないでしょう」

私が遠慮する仕草をすると、彼は言った。

「ああ、アクシダンの創意あふれる理想郷において、私の研究がどんな役に立つかをお話するのは全然構いませんよ。それは「時間」に支配される現在の我々のやり方を変えてくれるのです。すぐわかりますよ。因果関係の中では、継起、つまり時間という不可欠な要素があります。もし「時間」が私たちにとって、もはや連続した不変の運動でなくなれば、またアクシダンが言っていたように、もし四月六日が必ずしも五日のあとに来ないなら、そのとき結果はもはや原因の後に来るとは限りません……」

「嬉しいよ」とアクシダンが言った。「このアリウスが、自分の異端説の原理を説明する気になってくれたんだ。わかるか。ハーヴィーは時間における連続継起をなくすことで、原因を消し去ることができるだろう。もし時間が停止すれば、あるいはもし人間が時間の流れを遡ることができれば、結果を持つことのない原因があることになる。結果は、それらが生じた時間を持たないだろうから。また、我々の思うままに変えられる結果もあることになる。これらの結果にとっての原因は過去の手に届かないものではなくなり、手でしっかり触れて修正できるだろうから……ハーヴィーはいつか、過去の中で動けるようになりたいと思っている。爆弾が破裂するようなとき、ハーヴィーの発明は、過去において、テロリストが爆弾を設置する前に逮捕したり断念させるのに役立つだろう。ある男が、結婚してから何て馬鹿なことをしたかと気づくとき、ハーヴィーの発明があれば、自分の未来を託す女性に求婚した日を過去において修正できるだろう。つまり、ある力――我々の力――で、その日女性の家に向かわせた足どりの向きを変えさせ、その結果彼は結婚などしなかったことになるのだ。これで、どうかな?」

実は、私はもう大して口をきいていなかった。あの三杯目のウィスキーとアクシダンの半ば常軌を逸した話で心地よく酔っていた。そこに安心と解放の不思議な印象も混ざり込んでいた。結果という概念いっさいから、つまり責任や心配いっさいから解放してくれる、この夢物語を聴いていた。そして雨が窓ガラスを叩き、灯台の光が海の遠くを通過していた間、私は考えていた。人生に逆らってこの未知の隠れ家を求め、どんな非現実的な場所にやってきたのだろうか。

「僕にとっては」とアクシダンが言った。「この方法は反逆行為だ。そう、反逆だ。ハーヴィーがどうやって過去を修正しようとしているのかここで君に説明する能力は僕にはないが、とにかくある力学的方法に係っていると考えてほしい。その結果とは、過ぎ去った時間の中で物事の状況を変えることだ……わかるかな? 僕たちは原因という大前提を消したいのだ。そして、それを消すために発明したのが（というか発明しようとしているのが）ある一つの原因で、それによる結果が元々の諸原因を無効にするだろう! だけど、原因から結果への手法で僕たちがこんなふうに世界の様相を変えれば、不幸な結婚をした男がまた独身になったり、アナーキストの爆弾の爆発が世界史から消されることが、この僕にとって何になるか? 要するにそれで、僕たちが克服したい例の法則を確かめられるだろう……因果性を使っていくつかの原因を消すことで、ハーヴィーは崩し去るべき原理と取り組んでいるんだ、こう言っていいね?」

アリウスことハーヴェイは、静かに三杯のモーゼルを注文した。ウィスキーだ。そして、アクシダンのたわごとで頭が痛くならなかったかと僕に聞いた。

「正直」僕は言った。「ちょっと混乱しています。ねえアクシダン、つまり君は人間の状況を変えたいと言ってるんだね……（完全に酔っぱらってでもいなければ、こんな議論に首をつっこめはしない。しかも言葉のどことない重々しさ、言葉の操作とも呼びたい一種の強引さのせいで、いっそう議論するのは難しかった）でもね、何もできないよ、ね、抜け出すことなんてできないさ。よく聞けよ、何かを変えたいなら、ものごとを成しつつだ、ものごとに何か力を働かせることだ、そうだろう？　どうやって君の力でものごとを変えるのかい、結果によってしかこのものごとに働きかけられないなら？　ああ！」

「僕は行動を起こしたいのではない」とアクシダンは言った。「行動するなんて誰が君に言った？僕がやりたいのは……機械を狂わせたいんだ。でも力を加えるのでなく願うことで。皆に、「原因」の貞節さを信じるのをやめてほしいんだ。

それは受け入れるべき習慣に過ぎない。人間はこの概念に支配されすぎていて、それが働いてないときでも、原因と結果を戯れさせてしまう。一瞬たりとも自由や無動機性などない。人間はカードゲームを考案したが、いつでも切り札が他の色を支配し、ミスを犯せば罰を受け、うまい手なら報いられる。人間はチェスを発明した。一手一手が、必然的に起こる一連の結果をゲームの最後まで引き延ばす。人間はサッカーとテニスを発明した。それは弾道学の諸法則を厳密に辿り、ひと蹴りとかラケットのひと振りが正確にそれらを原因とする軌跡を描く……さて！　他に一つだけ、原因を必要としないゲームがある。そのゲームの名は「詩」だ。それこそが人々を自由にしてくれるのだ」

私はすまなそうな目で彼を見つめた。「詩」だって？　彼が見つけたのはそれだけか？　しかし彼はとめどなく話し続けていた。

「『詩』が連鎖の論理を巧みに歪めて、機械を狂わせてしまう日が来るまでに、人間はもう自分たちの常識を少し疑い始めてもいいのではないか。「因果性」についても考えることになるだろう。確かに進歩はしている。相対性理論以来、常識は厳しい打撃を受けた……でも、まだすべきことはたくさんある。

日々の自分の行動をばかばかしい確率計算に合わせるのはもうやめるべきだ、とか……」

私は聞いていた。波の中に運び去られるように。しかし、非常に特殊な明晰さにも見舞われていて、それは奇跡のようにアクシダンの演説に寄り添うものだった。もう新聞の言葉は二言と読めなくなっていそうだったが、禿げ頭の教師の御託には空気のように軽々とついていっていた。

「確率計算！　それこそがこの隷属した世界に君臨しているのだ……《四月だ、涼しい日の確率は十分の九、糸一本脱がないでいよう［四月には急に寒くなることがあるから薄着は禁物］。今日はまだ六日だ。三か月ごとの給料には二か月二十四日後にしか手をつけない。この日までに空から金の支給など一銭も落ちてこない可能性は一に対して十万だ。だからこのコニャックの小樽は欲しいけれど買わないでおこう》さあ！　これが人間のばかばかしさだ。こんな不幸がずっと昔から我らが人種に重くのしかかってきた……この愚劣な計算は何かを忘れているからだ。つまり出来事が支配者だということだ。我々が迷うあらゆる選択肢の中から、決定を下すのは出来事なんだ。しかもそいつは、二つの答えのうちからしか選ばない。それ以上はない。目を丸くしてるな。酔っぱらって理解できないってことはないね。グラスを空けて、聞いてくれ。

今晩君は宝くじを一枚買う。普通の人間として君は確率の計算をする。そしてこう言う。《券は五十万枚ある。百万フラン当たるには、四九九九九九回に対して一回のチャンスだ》全く違うね。君には二分の一のチャンスがある。なぜならくじを引いたあと、君に関しては二つの可能性しかない。当たるか当たらないかだ。我々みんなを支配する出来事は、この二つのうちの一つの答えを選ぶだろう。別の答えはない……わかるかい？」

「わかるよ！」私は興奮して言った。

私にはわかった、つまり安心して資産を使い続けてもいいのだと。そのせいで破産に至るのも二分の一の可能性でしかないのだと。見積もり、予防策、削減などの嫌な重荷を放り出してもいいのだとわかった。私の商売の道筋を無理におとなしく辿る必要ももうない。気にせず逃げ出してもいい、なぜなら私の行為の一つ一つが良いことか悪いことかは正確に等しい可能性を持っているのだから。出来事がそれを無作為に選ぶのだとわかった。私は真に、やっと、「自由」というものを理解していた！

そのあと、アクシダンがさらに話したはずのことは全部、幻のような記憶しか残っていない。古くからの揺るぎない真実は、彼の言葉で崩れ去っていった。ジェリコの城壁が運命のトランペット音で崩れ去ったように。昔の威信は消え去ろうとしていた、そのかわりにウィスキーの輝く靄の中に新しい神々が立ち上がってきた。私たちのまわりでは、灯台の三本の光線の規則正しいリズムに合わせて、閑散としたカフェの、地味だが魅力的な部屋全体がぐるぐる回っていた。ハーヴィーは壁の鏡に頭を寄せかけてうとうとしているようだった。まるで私一人だけで頑健な演説家を前にしているようだった。彼の声の響きが変わっていたことにふいに気づいた。規則的な調べが彼の言葉にリズムをつけていた。詩を暗唱していたのだ。単調な声でそれを暗唱していた。アレクサンドランのリズムに合わせて、脚付きグラスをテーブルの上でゆっくりと輪を描くように動かしながら。テーブルにはいくつもの水の黄道が描かれていった。酒飲みのこんなにも美しい賛美の詩句に私は心打たれ、もう一度繰り返してもらった。それを懸命に聴きとったあとで、何とか苦労して写しをとった。ウェイターのエドゥアールも、この夜、退屈はしなかったはずだ。

　その詩を、ここに書いておく。何らかの価値があるからここに写すのではない。しらふでは、文学的評価は私にはとてもできない。私の話が真実だという証拠として、お見せするのだ。ナミュールではそれなりに名が知られてはいるが、私ことギュスターヴ・ディウジュは元鉄鋼卸売業者で、今もこれまでもずっと、詩を創る能力は皆無だからだ。ジュール・アクシダンは今やオステンドの中学校の立派な学監だったから、この扇動的な詩を彼が書いたのは疑いない。自分が作者だと名乗れるものは誰もいない。この詩を書き写すことで、私はそれでも異世界、別の人格の中で、彼と知り合いだったという証しを示せると思うのだ。それだけが証拠物件として私が持ち続けているものだ。たとえば、ウェルズの小説では、月から戻った男は純金の棒を自分の話の証拠として持ち帰っている。とても残念だが、アクシダンの詩は証拠として同じくらいの貴重な価値があるのに、もちろん金銭的価値は少ない。

「詩」は危険な弾薬
果敢な美しい少女が
夏に堕落したオステンドの砂上で見つけ
溌溂《はつらつ》たる肌の胸の中に入れたのだ

浜辺の遊びやダンスのさなか、また
彼女を取り巻く熾烈な欲望の闘いのさなか
昼は帆の下、夜はレースの下で
彼女はあの眠れる危険の卵を抱えている。

それは時に若き雌オオカミの牙のように
心にこっそり攻撃を仕掛けるのを彼女は感じる

ダンス相手が見ていても畏れはしない
しかしなんと堅固なのだ、彼女が抱えるこの神秘は！

ある日天使のような胸がはち切れそうに熟し、
「詩」は、勝ち誇って炸裂する
「論理」に対し、「確率」に対し
「無謬性」に対し、偽りの観念となって。

「詩」、火の到来、
突然炎のように燃え上がる「偶然」の時、
それは理性の頑なな信奉者をみな水に沈めるだろう
女たち以上に身を焼き尽くすその日射しの中で。

そして義務は浜辺で死ぬだろう、法は
魔法でその鎧が外されるだろう、
そして道理の寒々しい絡まりは
老いた枝のように折れていくだろう。

そして、処女なる母は
ついに爆発と贖罪から波を産み出し、
死んだ子供は肉の裂け目から見るだろう
新たなシオン［エルサレム］が大いに栄えるのを。

――原始の神よ、いつやってきて狂喜するのか？
薔薇の轟く花火とともに、
「詩」よ、おお、純潔な人々に艶を与えるものよ、
すべてのものを脚色する乱入者よ。

VI

ずいぶん長い間、私の落魄《らくはく》した肉体を奪い合う悪魔どうしでこの戦いは続いていたにちがいない。高みにいる悪魔たちは、この体が目覚めて起き上がり、電話帳を開くごとくヘラクレスなみの千もの仕事に取りかかることを望んでいた。低いところにいる悪魔たちは、この見知らぬベッドに私の体を引き留め、酩酊の深い井戸の中に沈めようとしていた。部屋は私の周りで規則正しく回転していたので、高みの悪魔たちが回転ごとに下の悪魔になっていた。私の義務本能は彼らに私を認めさせるには足りなかった。そのために、私は間違った方向であがき、時には奥底の天使たちから身を引き離そうとしていると思ったら、実際には頑張って彼らの支配下にまた陥ろうとしていた。何度も、覚醒した陣営が相手の力を遠ざけたと思えることがあった。枕の上で半ば起き上がり、ぐしゃぐしゃの髪の毛を手でかき回し、誰に、なぜ、電話をしないといけなかったのか思い出そうとしていた。しかし下からの力の群れにつかまれて、私はまたばったり倒れていびきをかき出した。お告げの祈りの鐘が三回鳴り、それに合わせて作業場のサイレンが十回鳴ったのはこれ幸いだった。そのおかげで、この戦いにやっとけりがつき、私はしまったと叫んでがばと起き上がった。正午だった。私の株買いの注文は執行されようとしていた。

どれほど自分自身に嫌気がさし、私を酔わせた馬鹿な二人に腹を立て、このホテルの部屋で身も心も疲労困憊《こんぱい》していたか、とても描ききれない。この時私は、旅行鞄もなく、新しい下着もなく、前日に買った歯ブラシと歯磨き以外の必需品もなかった。証券仲買人に電話をする時間を逃したので、これで、一年くらい、たぶん、完全破産までの時期が早まっただろう。すでに言ったかもしれないが、私はとても品行方正で、酒はほとんど飲んだことがなく、株もやっていなかった。だからそれまでは、飲んだくれた夜の後のひどい目覚めも、株式投機をしたときのこんな不安も経験したことがなかった。替えの下着が一枚もなくても前日はそれほど気にならず、エスケープが楽しくて、最小限の洗面用具を買うだけでよかった。今はそれが心底みじめで、参っていた。

少し元気を取り戻せたのは、部屋が浴室付きだとわかったからだ。ホテルはまずまずのようだった。絨毯は掃除が行き届いていたし、床張りは白かったので。熱湯を流してみると、消火ホースのように勢いよく浴槽の中にほとばしり出た。風呂にお湯が溜まる間、私はブリュッセルとシャルルロワに電話で問い合わせた。買い注文をまだ撤回できるとはあまり期待できなかったが。双方とも、代理人に指示を伝えておく、そしてまた電話すると言ってくれた。二十分後、お湯にゆったりとつかり、髪の乱れもこれでしっかり直るだろうという思いに浸っていた。とその時、両方から連絡が届いて、私の注文は最初の相場、四二〇フランで執行されていたということだった。まだ再売却もできたが、かなりの損失は免れられなかった。市場は悪化していたのだ。しばし迷ったが、そのまま買っておくことにした。即座に数千フランの差額を損失するのを避けるためにというよりは、落ちるところまで落ちてみたい、この馬鹿な行動をとことんエスカレートさせて、自分に罰を与えたい。要するに自暴自棄からだった。この投げやりな行動で、私は楽になった。電話でカモミーユとトーストとアスピリンを頼んだ。それはスムーズにいかなかった。ホテルの主人は部屋番号を聞いてきたのだが、私は知らなかったのだ。備え付けの赤いビロードの肘掛椅子をバルコニーの前まで押していった。海に面していた。それから反対側の窓の前に、風に当てるために、昨夜の煙草の煙がしっかりしみ込んだ服を吊るしておいて、私は海を前にし、ホテルのバスローブにくるまって昼食をとった。

このありきたりの服の、真っ白で粗いコットン生地の清潔さと、特にそれが地味な粗布で万人向きの感じのおかげで、とても助かった。私が持てる者の時代を通り過ぎ全財産喪失の段階に進む手助けをしてくれる気がしたのだ。私はかなり高いところから海を見ていた。五階か六階くらいのようだった。空はまだどんよりしていたが、様々な濃さの緑が段状に重なる海の上は波もなく、光り輝いて穏やかだった。頭がぼうっとして眼球が痛かったが、ありふれた肘掛椅子に身を沈め、ホテルの全滞在者と同じ苦行僧衣のようにごわごわした清潔なタオル地に体を包み、私はこの高所でゆったりと漂っていた。そして、頭痛が少しずつおさまっていくにつれて、全く新しい、とても軽やかな感覚にとらわれた。私本来の人生から離脱する感覚だった。ある種の好奇心とともに、白い質素な衣に包まれて座っているこの見晴らし台の高みから、ギュスターヴ・ディウジュという人物を眺めていた。小塔付きの館は競売にかけられる恐れがあり、期限付きで買ったムノトの一五〇〇株で無駄に厄介な妙なお荷物を増やしたという運命を担った人物だ。私は目を閉じた、そして見た。あの館、あの決済期限付きの株、それらが奇妙な瘤《こぶ》の形となって、海辺を歩くギュスターヴ・ディウジュのシルエットを変形させているのを。彼は波打ち際を、砂上に打ち寄せられる泡の縁沿いに、歩いていた。立ち止まって何か光っているものを拾おうとしていた。透き通った金属の筒で、中には「詩」が入っていた。しかし期限付き一五〇〇株とともに背中に生えた新しい瘤のせいで、かがむことができなかった。

ベルの音で目が覚めた。レスリー・ハーヴィーが下にいて私への面会を乞うていた。おそらく私の様子をうかがいに来たのだ。あのばかばかしい珍事への仕返しはしてやろうと決めた。私の下着を買いに行ってくれと要求しよう。あのイギリス人なら、ホテルのボーイよりは良い趣味を持っていて、シャツを選んでくれるだろう。そこで、彼をすぐに上がってこさせた。バスローブ姿で彼を迎え、すぐに服屋に使いに出してやると思うとなんとなく嬉しくもあった。ノックの音がした時、またふと心に浮かんだのは、なぜかわからないが、彼は金を借りようとするだろう、私はそれを断る喜びも味わえるだろうということだった。しかし、知性ゆえに頭が変形したこの若き神像が、貫くような眼差しで私の前に立ったとき、私はかなりどぎまぎしてこんな格好ですみませんと謝ることしかできなかった。彼は私の健康状態を尋ねた。アクシダンと彼は二時ごろにこのホテルまで私を送り届けてくれたのだった。ホテルは彼と同じで、必要なことがあれば何なりとしてくれるためにやって来たのだ。私はお礼を言い、申し分ないと答えた。それから沈黙があった。赤い肘掛椅子に座ってもらった。彼は言った。「アクシダンの演説のせいで、頭のおかしな奴らと夜を過ごしたと思ってほしくないんです」

「アクシダンは昔から知っていて、彼の狂気のさたも全部好きですよ」と私は答えた。

「本当に？」と彼は言う。「いやあ！　私も彼のことは大好きです。でも」と微笑みながら彼は付け足した。「彼のとんでもないアイデアは私も共有していて、それを狂気だと咎めはしません」

「「原因」との戦いですか？」私は苦笑いをした。忌まわしい夜と執行しそびれた取消し注文への恨みつらみが籠っていた。「「結果」から自由になった人間ですか？　でも言っておきますが……」

ハーヴィーは私を見た。こちらを怖気づかせる目だった。そして彼は立ち上がり部屋の中を二、三歩歩いた。それからまた不意に言った。

「アクシダンを狂っているとは思わない証拠を見せてあげましょう。例えば昨夜確率計算について彼が言ったことを、私が全面的に賛成する証拠もね。賛成だけでなく、私はそれを応用しています。ご覧にいれますよ。私たちの友と同じように、運は平等だと思います。賭けるごとに、必ず勝つ可能性は二つに一つです。たくさんの番号に賭けるルーレットでも同じです。これが私の信条告白です。今からその実践を示してあげます」

彼は話を中断し、微笑んでしばらく海を見ていた。その顔は少し紅潮しているように見えた。それからまた続けた。

「あなたは私のことを知りません。ゆうべ、私が度を越すほどウィスキーを飲み、ジュール・アクシダンが常識はずれのことを言っても好意的に中立を保って許していたのを見ましたね。それがあなたにお示しできる唯一の身元保証なのですが、お金をお借りしようと参上しました」

(やはり私の推察は正しかった。ただ彼の借金を断ってやらねばと考えていたときほどには、喜びを感じなかった)

「そうなんです、お金の借り手としてです。もちろん、あなたがそれをお引き受け下さるという確実性は完全に何もありません。さし当り必要な金額が三万フランに上ると言ったら、それも当然だといっそう思われるでしょう。それは私の研究で使う希少物質を買うためで、しかもこの研究は今のところ産業的な利益は全くないですし。ですから、ね、良識ある人がこんな依頼を聞き入れる可能性は全くありませんよね」

「おやおや、それがあなた自身の意見なら、反対するのは失礼になりますね」

「いやあ! こんなやり方をしたのは、どんなことを試しても同じで、成功するのは必ず二つに一つだと疑わなかったからです。ほらね! 二つの可能性のうち、私は間違った方を引いたのです。こんなふうにご迷惑をかけたことを恨まないと言ってくだされば、どうってことはありません」

「恨むなんて、とんでもない! ご冗談を!」

彼は立ち上がっていたが、私はそんなにすぐに出て行ってほしくなかった。まず頭痛が残っていて気分が悪かった。それに、彼は私をからかいたくて、そのためだけに上がって来たのではという辛辣な疑いも持っていた。少し話を引き延ばすのが得策だと考えた。まだ完全にそうではないと決めたわけじゃないと思わせておいて、それから気の利いた言葉をゆっくり練ってから拒絶を突きつけてやろう。それに、私の好奇心はやはり刺激されていた。そんなとてつもない研究って、本当にあるのか？《過去に働きかけ、起こった事実を変える方法……》そのばかばかしい話が私の酔っぱらった夜の底から舞い戻ってきた。もういちどそれを真昼に聞けば、飲んだあとの心の弾みを意地悪く批判でき、私も満足するはずだ。私は、愛想よく茶化すような調子で続けた。

「どうぞ、もう一度お座りください。こう言っては何ですが、同等の確率という魅力的な理論をあなたはご自身でそれほど確信しておられないようです。なぜ私はそう感じるのでしょうか？　それは、もしあなたの要求がその……普通の申し出と同じだけ成功の可能性を持つと本当にお考えなら、今お使いになったような、拒否を期待し想定するような言葉では示されないでしょうから……そうじゃないですか？」

ハーヴィーは微笑んだ。

「そうは思いません。私は核心を言ったのです。うまいことを言って何か付け足せたでしょうか？　そうかもしれません……しかしワインブローカーの独り言などあなたには合わないと思いました。もちろん私の趣味でもありません。」

なんておかしな対話をしてたんだ、ギュスターヴ・ディウジュ君。自分のではないバスローブにくるまれて、復活祭前の柔らかく光り輝く海に向いたバルコニーの前で、内側から照らされているようにかすかに光る大きな額の、この見知らぬイギリス人と！　初めておまえは気づいていた。おまえの人生が突然選んだこの脇道は、すでにずいぶん遠く、ずいぶん高く、夢の高さにまでおまえを連れてきてしまったことを。そして自分が話すのを少し驚いて聴いている。ふつう夢の中では自分の声は聞こえないのだから。

「すみません」と私は言っていた。「商売柄、金のことが出てくると、ほとんど無意識にその件の主たる性質を確かめたくなります……借金をしたいときは、例えば、いつ返済予定か言ったり、さらに――失礼ながら――どんな財源か明示するのは、余計な口上にはならないと思います……」

「ああ！」彼は細かいことは気にしない大貴族のように落ち着き払って言った。「じつに簡単ですよ。うっかりしていました。こちらこそお詫びします。この書類を持ってきました。それで説明しましょう」

彼はグレーのフランネル生地の上着の内ポケットから、褪せた青色のかなり上質のモロッコ革を取り出した。この古いウルトラマリンは、何とも優しい深さで目を奪い、古い灰色の石造りの宮殿内にある中庭の豪華絢爛さや、玉座への階段に敷かれたガーター勲章［英国の最高勲章］受勲式典の大きな絨毯を思わせた。紙入れにはしかも、公爵冠とその下に盾形紋章の刻印があった。ハーヴィーは私にそれを開けるよう促した。一枚の羊皮紙が入っていたが、私には解読できなかった。英語をよく知らなかったし、手書きの読みにくい筆跡だったからだ。ジョージ四世の名において作成された公証人証書ではないかと私には思われた。

「これは」とハーヴィーはあの美声で言った。その声は紙入れの不思議な青とも通じ合うものだとそのとき私は気づいた。「私の曽祖父ダグラス・レスリー・ハーヴィーとその子孫に与えられた永続年金の証書です。ウェリントン公からです。

この年金は、ご覧なさい、年に千ポンドで、六月十八日に支払われます。つまりワーテルロー戦の記念日で、この日ダグラス・レスリー・ハーヴィーは、胸甲騎兵の一軍にほとんど一人で抵抗し、フランス人どもにサーベルで斬られてプチ・テスピネットの路上に半ば気を失って倒れながらも、元帥を救ったのです。私のご先祖様は、多勢に無勢で闘ったあと、部下の竜騎兵数人を自分のもとに集め、総指揮官を鞍に乗せて、潰走中の軍がいるブリュッセルまで運んで行くことができました。しかし額をサーベルで斬りつけられたために、三か月経つと、眼が見えなくなりました。ウェリントン公は和平後、ナポレオンとの新たな同盟政策の主導者に、そしてまもなく首相になりましたが、ハーヴィー大尉のことは忘れませんでした。ワーテルローの敗北の重大な責任は大尉にあるとされてしまっていたのです。たぶんあなたも聞いたことがあるでしょう……

一八二二年に、こういった非難を断ち切り反証するために、首相は自らの財産から、盲目の将校にこの千ポンドの永続年金を割り当てたのです。将校は結婚してランカシャーの小さな館で隠遁生活をしていました。

私は彼のただ一人の子孫なのです。この年金は譲渡不可能なので、それをあなたに投資することはできません。前貸ししてくださる全額を、次の六月十八日の翌日に必ず返済すると約束することしかできません。もっともあなたが――二つに一つの確率で――まず受け入れ難い私の申し出を万が一承諾してくだされればの話ですが」

すごい話じゃないか？　それじゃあ、あのハーヴィー大尉の子孫が目の前にいるんだ。ナポレオンについての専門家とは程遠い私でも、彼については人並みに知っていた。一八一五年六月十八日の夜、不正確な情報でウェリントンに退却をさせた責任を問われたのだ。それは『ル・タン』紙の学芸欄や、狩猟のオフシーズンの日曜の午後などに読むあのつまらないフランスの大手雑誌の中で、周期的に取り上げられる歴史記事のテーマの一つだった。一九一四年の戦争後には、マルヌ会戦で撤退命令を出した、かの有名な陸軍中尉ヘンシュの役割をハーヴィー大尉の事例に照らして、軍事コラムニストたちが「現代への蘇り」と呼んでいた。私は、大きな額、端正な顔立ちの、気取りない上品さを湛えた男をうっとりと見ていた。彼は生活手段をこの青革の立派な証書から得ていて、それをこんなにも穏やかな情熱で常識外れの研究に使っているのだ。

私の喜びも、しかしわずかしか続かなかった。今、金の要求に返事をしなければならないのだ。気の利いたことを言ってやろうという気はもうまったくなかった。白状しようか？　私は少々単純に惑わされていた。いつもの月曜日のように、シャルルロワの株式仲買人たちで一杯の列車の中でもなく、小さな城持ちの友人たちが催す狩猟においてでもなく、私は悲壮な美を湛えた英雄たちに出会うことができた。祖先の軍功から溢れる富を手に入れ、それでいて、「時間」に逆らい「諸原因」に逆らうドン・キホーテのごとき闘いに充てるために、誰でもいい最初に出あった人物に借金しようという者たちだ。一方で私はもちろん、一銭だって出すもんかと断固として決めていた。そのためのもっともな理由はいくらでもあった。ただそれはかなり弱い取ってつけたものだと認めねばならない。つまり考えてみると、海辺のどのツバメだって自分はウェリントンの恵みを受けたと思うことはできるし、どんなペテン師だって公爵の紋章入りのモロッコ革を見せびらかして、六月十八日には十五万ベルギーフラン受け取ると保証することはできる……ああ！　こういった疑いは自慢にならない。新しい生の中では私は全く未熟で、受け継いだブルジョワ的な慎重さは、一日やそこらで全部捨てられるものではない。

そこで残る問題は、バスローブにくるまって（言ってなかったが、部屋履きがなかったので、かなり滑稽だけれどソックスとハーフブーツをひっかけるしかなかった。ローマのトーガ風に見せようとしたが台無しだった）、物乞いをするこの大貴族に断るために、失礼のない方法を見つけることだった。私はいつもの逃げ口上で切り抜けた。つまり、現金は一銭も用意できないと言ったのだ。この返答をしながら少し口ごもっていた。意地悪くも承諾すると思わせておいたのを恥じていたのだ。彼はそれを達観して受け入れた。

「そうでしょう」と彼は言った。「毎年こうなのです。この研究はおそろしく費用がかかります。とくに私が使う、あるプラチナ系の物質のせいです。それで、決まって次の支給額を受け取る数か月前に年金を使ってしまいました。そのほかにいくらかの財産も残っていて、その収入もちゃんとあり終身年金にしたのですが、わずかな賦払いで、ホテルの勘定と実験室の家賃をちょうど払えるだけです……それで毎年、六月を待ちながら、何週間も休まざるを得ないのです。どうか許してください。やむをえず何となくぶらぶらしているこの休暇を短くしたくて、あなたに賭けてみたんです」

彼は微笑んでいた。恨むことなく、こうやって毎年お金を待つこと、闘いを挑んでは毎年作戦の一時的停止を余儀なくされるこの「時間」の法則を受けることにも慣れて。彼の微笑みはまた、どんなやり方も卑屈にさせ得ない男のものだった。一方で、私はバスローブとブーツ姿で部屋のドアまで彼を見送りながら、自分の狼狽をできるかぎり隠していた。

彼が行ってしまうと、私は戻って赤い肘掛椅子に座り、バルコニーと海を前にした。彼が来る前にちょうど感じ始めていた早春の回復期の心地よい感覚は、漠とした不安、空虚を埋めたいといういらだちに取って変わってしまった。ボーイを呼んで、下着類を買いに行くよう指図した。それから列車の時刻を調べて電話をかけ、ナミュールに繋いでもらった。会計係と家政婦にこの日の夜戻ると知らせておきたかった。

VII

しかしながら、夜の九時、私はアクシダンと突堤を散歩していた。灯台の光の筋がゆっくりと静かに回っている下で。どうして私はまだそこにいたのか、どうして午後、電話の向こうにオルビュス嬢の耳慣れた知っている声を聞いたとき、私は言おうと思っていたことを咄嗟《とっさ》に変えてしまったのか。どうして戻ると告げないで、重要な交渉で引き留められていると知らせ、オステンドで引出し可能な三万フランの小切手をすぐに送るように言いつけたのか。それは私の心が激しく乱れていたからだとしか説明がつかないだろう。ある不可能性が表に出てきたのだ。その日私は帰ることができなかった。ハーヴィーに対する私の過ちを償いたかった。青いモロッコ革の役を演じることを羨んで、私もまた、赤褐色の髪の若き学者が「時間」と闘う機械を創る、そのお金を提供したかった。それは新たな道において一歩前にジャンプすることだった。

手紙でハーヴィーにこのお金を翌日渡すと知らせた。それから満足感とともに着替え始め、私の壮麗なる借り手の訪問、あるいは電話を今か今かと待っていた。七時に夕食のためにホテルを出ようとしていた時、現れたのはアクシダンだった。話は通じていた。私に素直に感謝していて、翌日か翌々日にアクシダンと共に仕事場で会いたい、公開実験に立ち会ってほしい、という友人の言葉を伝えてくれた。正確な時間はまた君に知らせてくるだろう。お礼を自分で言いに来れないことを詫びている、実験準備のために時間がとても足りないのだ、と……

四月の夜は風が強く暗かった。満ち潮がすぐ近くで轟を上げて砕けていた。それとともに闇の中で白いものがぱっと弾けていた。セイレンたちが我々のすぐそばで戯れているのだ。が、私たちはそれに注意を向けてはいなかった。襟を立てて急ぎ足で歩いていた。アクシダンは話していた。吹きつける風にも息切れすることなく。

「彼は三年前からここにいる」と言う。「その前は、物理学を修めたアメリカから戻って、ひと夏をブリュッセルで過ごして、現地でワーテルロー戦のことを徹底的に調べ、事実や行為のことごとく、戦いの夜の曽祖父の動きすべてに通じようとしたんだ。それについて彼は一冊の本を出版した。一八九七年に彼の父親が、そして一八七〇年に彼の祖父がしたようにね。ハーヴィー一族にとってそれは義務的な行為だった。曽祖父ダグラスの無実について公けに論文を発表しない限り、真に一族の主にはなれないのだ……レスリー君はこの一族の義務を果たすと、オステンドに来て住みついた。全く違った分野の研究をするためにね。少なくとも見かけは……」

「それじゃあなんでオステンドを選んだの？」と私は尋ねた。

「たぶんワーテルローから離れないためかな。たぶん、そのころは、ベルギーの為替相場はイギリス人にとってかなり有利だったからかな。たっぷり年金をもらっていても、学問好きだし倹約家だから、実験室のプラチナや、ほとんど自分の所得で賄っている器具を買うために取っておきたかったんだろう。たぶん海が好きだったからかな。いやそれよりも、全くどこでもかまわなかったからかな……

それとたぶん……」

彼は大声で笑い出した。ちょっとした感情をごまかすかのようだった。そのあと夜風に向けて発した言葉は、半分冗談めかすか、本当らしさに抗うような、すこし高い声だった。

「それにたぶん彼がオステンドに来たのは、僕という人間に特別目をかけてくださった神の意志にもよる……そう、ハーヴィーに出会った日が僕の運命を決めた。僕はね、馬鹿なことをしそうだった。結婚しようとしたんだ。それはもちろん一つの結果だった。レストランでの食事のね。田舎の公務員で独身であれば、何年も食事に招待されて拒める者はいない……別のこともあった。詩や空想や不合理といった、あの恩知らずの神々に頼ることに疲れたのだ。すべての日々を捧げたのに何の奇跡ももたらしてくれなかった……僕はある政治家の自宅に二、三度夕食に招かれた。その娘は美しい肌をしていて、いちどは彼女が申し分なく素晴らしい食事を出してくれた。僕は少女に求婚するよう激しくせきたてられた。噂では、父親は近々の選挙でまちがいなく議員になるだろうということだった。それは僕の人生にとって大きな後ろ盾になるだろう。彼の娘はいつか金持ちになるだろうし、すでにワテルゾーイを完璧に料理していた……僕は求婚しようとしていた。そんなある晩、もう行かなくなるだろうと思うといっそう楽しみに通っていたカフェで、ハーヴィーに出会った。僕はしきたりに逆らって、モーゼルワインのある種の注文の仕方でウィスキーをもらう方法を教えてあげた。お返しに、あの濃い金色のモーゼルの四杯目あたりで、彼は自分の研究の見通しを打ち明けてくれた。その中に僕は自分の思索を補うものを認めた。小市民的な憧れとはもうおさらばだ。柔らかな肌の少女の元にはもう戻らなかった。」

彼はしばらく黙り込んだ。おそらくあそこ、選び取らなかった道で、政治家の娘婿となり堅実な教師となっていたら手にしていたかもしれない別の運命に寄り添っているのだ。彼は少しうつむいて、タオルでさっとひと拭きしただけの薄汚れた靴をじっと見ているようだった。しかし夜の優しい闇が、彼の貧しさやその日暮らしの証拠を覆い隠してくれていた。彼は目を上げてまばらな星々を見た。

「それでハーヴィーはここで、大金を払って、海辺の古いあばら家の七階にあった画家のアトリエに、実験室のようなものを設置したんだ。それは当然観測所でもあるんだが……」

「なんで、当然なんだ？　で何を観察してるの？」

彼は驚いて、一瞬立ち止まった。私たちは突堤の端の、柵のすぐそばまで来ていた。回れ右をした。光の長い線が私たちの前に伸びていた。もっと遠く、ミッデルケルケとウエステンデのあたりには、別の光の点線が闇の中で柔らかく瞬き、海辺の大通りを縁どっていた。

「じゃあ、何を見つけたのか彼は説明してなかったのか？」

「え……いや。それに何かを見つけたんだとも思わなかった。進行中の研究については話してくれたけど」

「は、は！　ルディブリウム君！　気晴らしで君を創った神は、ほんとうに時間を無駄にはしなかったんだ。なんと！　ハーヴィーが何を発明したかも知らないで、こうやって三万フランを前払いして、それが何の役に立つのか正確に聞いてもいない！　まさかね、君はそういうやつだ……であのレスリーは君に何も言ってない！　あいつらしいな。どこにも辿りついていない、探求しているのはい、それではない、とみごとに頑なに繰り返している。で、研究の第一段階でしかないものを成果だと思われないように身を守っている……ただこうなればどうしても、彼の研究がどこまで進んでいるのか、今夜僕から話しておかねば！　僕からね、xがどうとかもさっぱりわからないし、いちばん単純な実験でもうまく説明できないのはわかってる……でもまあ、聞いてくれ。理解できたことを何とか話してみるよ。僕が見たものについては、明日自分の眼で見てくれ。」

彼は私の腕をとった。それから、人気《ひとけ》のない突堤上で、閉ざされ押し黙った大ホテル群の列を前にして、以下の話を私はあっけにとられながら聞いた。その間、背の高い街灯によって、速足で歩く足元で私たちの影が伸びたり縮んだりし、見えない海の音に合わせていた。

「ハーヴィーの、そして僕や、「自由」への夢を一度だけでも抱いてみる人たちの最終目標は、人間を過去の定めから解き放つことだ。過去は我々の一瞬一瞬に作用している。罪の概念と報いの概念は、時間の中での継起という概念に由来している。

腕に怪我をした人は、数週間不自然な動きをする結果をこうむる。そして、過去に得たこの不自然な動きを、貪欲な過去は、もう訂正も削除もさせてはくれない。「自由」とは、この世の始まりからたゆまず重ねられてきた一瞬一瞬の略奪品を、「過去」において取り直せることだろう。それは、過去を現在と同じように手に触れ変更可能にすることだろう。過去を消滅させることだろう。手に触れられ変更できる過去は、もはや過去ではなくなるからね。

昨日言ったように、ハーヴィーは機械装置を使って過去に挑んでいる。邪道だね、僕に言わせれば。まずは人間を結果にとらわれる精神から解放してやるべきだ。悪は我々の中にあるのだ。ただその戦いはすばらしいし、三十二歳になるあの男が輝かしい功績で戦いを始めたことは認めるよ。その功績をもし公表する気になっていたなら、彼は全世界、古今東西で最も有名な発明家になるだろうに……いいかい。ハーヴィーのおかげで、まだ過去を変えることまではできないが、もう接触可能にはなっている。見ることができるんだ
「何を言いたいんだ？　あの男は発見したとでも……」

「そうだ。彼は過去を見る方法を発見したんだ。それをさっき君に知らせず、それでも君はこうして後先を考えずに必要な金を貸してやった。こんな素晴しいことはない……　言ったけど、僕はハーヴィーの実験に十回以上立ちあったが、どんな手順なのか正確に説明するのはとても無理だ。僕にできるのは、彼が説明してくれた原理をざっと伝えることくらいだ。

光線は宇宙空間を超高速で進むね。速すぎて、追い越すことは物理的に不可能な限界速度、絶対速度だと見做された……ちがう？　光の速度が極限だと長い間認められていたのを知らなかった？おいおい！　僕がハーヴィーに会うまで知らなかったよりも、もっと知らない奴がいたんだ、ほっとした……君がショックを受けているのも嬉しいね。学者たちはそうして勝手に、光より速く進む何かを創り出すことはできないと決めつけてるんだ！　縁の赤い白の円板が、国際的な標識として思考の進歩の路上に置かれ、分速一八〇〇万キロメートルを超えることを禁じたんだ！　あさましいことだね……実際、それは長くは続かなかった。ハーヴィーが説明してくれたんだが、ルイ・ド・ブロイとシュレディンガーという二人の学者と同じ方法で彼も発見に至ることになったという。この二人はいくつかの「物理的な波動」に光の速度をいわば超えさせたのだ。

君も僕と同じで無知のようだから、宇宙空間が曲がっていることもきっと知らないだろう……なんとなく聞いたことはある？　そりゃすごい。ハーヴィーが初めて僕の前でそんなことを言ったとき、完全に頭がおかしいと思ったよ……宇宙が巨大な規模で曲がってるって！　今は、それは真実で、足元の突堤の煉瓦の固さと同じくらいになじんでいる……

ハーヴィーの説明だと、この湾曲は、空間をそれ自体の上に閉じさせる。だから充分に強い光線は、宇宙空間の中を一周回って戻ってきて、出発点を照らすはずだ。適当な望遠鏡があれば、何百万年も前の我々の地球の姿を、その頃出発した光のおかげで見れるだろうとさえ考えられた……　落ちつけ。うん、君もわかってきたようだね。

ハーヴィーはその望遠鏡を創ったのではない。もっとすごいことをした。まあいわば光線を磁化させる物質を発明したんだ。それは加速させて光線を引き寄せる……科学者たちが《最大速度：分速一八〇〇万キロメートル》と記していた禁断の立札を、ハーヴィーは引っこ抜いた。そしてアクセルを最大に踏んだ。光より速く進むものは何もない、と言われてきた。ハーヴィーは答えた。《いやある、光そのものだ》。

遠隔で光線に働きかけ、落下物と同じ加速度で増え続ける速さで自分の方へ引き寄せるこの磁力を使って、ハーヴィーは、宇宙空間への旅をまさに始めようとする光の微粒子を捕えられるんだ。数百万年後にしか出発点に戻ってこないはずのものだ。彼は微粒子の最初の曲率を逸らし、例の磁気物質でできたスクリーン上でそれらを受けとる。その物質のために、例の謎の莫大な費用のかかる、プラチナの誘導体を使うのだ……あとは鏡の単純なしくみが、それらの光線を画像に復元する。ということで、明日、君はワーテルロー戦に立ち会う」

私が漏らしたかすかな感嘆の声、それが今も聞こえる。沖からの風がその声を闇の中に運んで行った。アクシダンが話している間、尋常でないお告げがあるだろうとの予感はあった。それが口にされた今、その現実性のおかげであの不満は引きちぎられ、すぐに風の中に消えていった。隣で私の腕を摑み早足で歩いている連れは、それに気づきさえしなかったはずだ……しかし私にとっては、自身のこの声の響き、それはまるで危険を知らせる遠い角笛の音がまどろんでいる砦まで届いたようなものだった。武器を取れと突然命令されて、私の身体機能全部が警戒態勢をとった。大掛かりな戦闘準備の中で、常識や他人への警戒心、批判的精神といった自己防衛のうちでもいちばん普通のあらゆる本能が、城壁のあたりで渦巻き駆け回った。信じないこと、少なくとも抵抗はしないで信じないこと。さあ名誉を守るんだ……今までこんな話を聞いたことがあるか？　こうして降伏また降伏と続いて、いったいどこで立ち止まれるのか？　私の中の因襲的な陣営が、このとき勝利を目指し反撃に出た。急襲を受け呻いた三秒後くらいに、容易には信じないぞという抗議の微笑みとなってそれは現れた。関《とき》の声はへし折られた。守備隊が城壁を固めていた。

「立ち会うよ……なあ〈カタストロフ〉、君のことは大好きだ。僕は休暇中だし、面白いことを断る手はない。君の友達と君が僕をからかってるのかどうかを見たいから三万フランは払うよ……　でも君は手の内を見せるのがちょっと早すぎたね。ハーヴィー君が過去を可視化する実験中だと言っていれば、僕も信じたかもしれない。でもそれはもう済んで、このとんでもない物を発見したなんて！　前代未聞の奇跡があって、二人の人間がその秘密を手にして、それでも何も言わなかったって！　ハーヴィーは計り知れない重大な発明品を握っている、で、実験に必要な金を初対面の男に物乞いする、彼がひと言口にすれば世界中の銀行から金貨がなだれ込んでくるというのに！　そうだよ、君はことを急ぎすぎたね……今、よくわかったよ」

彼は肩をすくめた、怒ってはいなかった。私の腕は放さず、そのまま闇の中を急ぎ足で引っ張って行った。私たちはまたUターンして、もう一度灯台の回転する三本の光の方へ戻って行った。

「いいよ、腹の内をぶちまけてくれ、何でも言っていい。率直な批判も、至極もっともな君の論理も全部吐き出してくれ……ただ明日、ワーテルローは見てほしい。ワーテルローを見るんだよ、いいか？　何度も言ったが、僕がこの眼で見たように、君も見るんだ。最後に見てからもう二か月経った。お金がなくてね。その代わりがウィスキーになった。一種の中毒だからね。見た者はまた見たくなる。そのことも君に警告しておかなければ。その閾をいったん跨いだらもう後戻りはできない。この世の外に置かれ、みなが死と呼んでいるものとの交信のためにしか生きられなくなる……だから予告しておくべきだな。人格を変えてしまうどんな阿片でも、明日君が味わうものには比べようがない。後戻りするのも自由だとは僕は言わないだろう。実際、知ってしまったら最後、もう自由ではなくなっているからだ。ハーヴィーの磁石は光線だけを引きつけるのではない……」

私はまた笑おうとした。が、もう一回曖昧な抗議のうなり声を出すことしかできなかった。

「昨日から、悪魔憑きのやつらと付き合ってる気がしなかったか？　そうだろう、資金がなくて仕方なく休戦していた間、僕たちは別々に気晴らしをしていた。僕は詩、ハーヴィーは毎日計算だ。だけど情熱は四六時中あって、紛らせられない。朝三時まで眠るのを遅くしても、詩句や対数でも、アルコールでもだめだ。あの最終目的に捧げられていないのだから、どんな一瞬も同じ毒を抱えている。再び見ること。話したり、生徒らに講義したり、微積分計算を進めたり、ウィスキーを飲んでぐだぐだとしゃべったり。それでもワーテルローに憑りつかれて苦しんでる……」

「でも、なぜワーテルローばっかりなんだ？」と私は尋ねた。「どうだい、この夢みたいな話がとりあえず本当かもしれないとして、ハーヴィーがその魔法の鏡みたいなものを持ち歩けるのは過去全体の中だ。彼がおそらくまた見てみたいだろう子供の頃に向けることだってできるし、それに、そうだ！　刑事の誰ひとり謎を解決できなかった何かの犯行の時刻に合わせることだって。厳かな瞬間のゴルゴタの丘を見たり、ギリシャの景色の中でホメロスかもしれない歌い手の一節を追うこともできるだろう。先史時代の、まだ大地との境目が曖昧な海から出てくる怪物たちに目を向けたっていいだろう……どうして単に、いつも一八一五年六月十八日なんだ？」

　アクシダンは笑っていた。

「まずは技術的な理由のためだ……わかってほしいが、光を加速させる磁力の原理を見つけても十分ではない。ある出来事に狙いを定め、それが地上で起こった時に見せた継起する映像と同じテンポで鏡の中に展開させるには、我々俗人には気の遠くなるような天文学的計算が必要なんだ。ハーヴィーは過去の中で、定められた日、特定された出来事を選んだ。光線によって描かれた曲線を追い、定められた日からの地球の動きを追って、磁力の作用が光線にまで届き、それを少しずつ加速させて磁化の発信元まで戻すことになる諸地点を全部、彼は宇宙空間の中に探知した。

　来る日も来る日も、彼は宇宙空間内のそれらの光線の状態を追跡している。まあ、天空の距離について帳簿をつけているようなものだ。過去の像を捕えに行くにはどのくらいの力をその磁化に与えるべきか、次にどうやってその力の速度を落とし曲がらせて、これら過去の像を映画のスクリーン上のように目の前で展開させるか、彼は知っている。この数字の仕事が見せてくれるものを想像してほしい。出来事の一つのテーマ、他でもない蘇らせるべき一時間を、しっかり選ばねばならなかったこともわかってほしい。この大掛かりな照準合わせをそのたびにやり直すことなんてできなかった。

なぜ過去の日々のうち、ハーヴィーがワーテルロー戦の日を選んで蘇らせようとしたのか、彼が君に言ったことと彼について君が知っていることから充分理解できるんじゃないかな……ハーヴィーは結核の治療に必死で取り組む医者みたいなものだ。もちろん治療法発見への熱意もあるが、自分の娘が肺結核にかかっているという理由からでも。曽祖父ダグラスのことを忘れちゃいけない！」

私たちはしばらく黙って歩いた。これ以上何に反対するんだ？　たぶん私は頭のいかれたやつらに会ってしまったのだ。でもたぶん、不死の可能性を手にする恩恵にも預かっているのだ。子供の頃にはそれを漠然と頑なに信じているものだ。過去をもう一度見てそれを作り直すこと。つまり死なないこと……

アクシダンはいつの間にか、私を突堤から引き離していた。私たちは浜辺と直角に交わる坂道の一つを通って、街の方へ下っていた。最初の通りの角で、彼は歩道の上で私を止めた。目の前に高く陰気な建物が立ちはだかっていた。一階の、ショーウィンドウに下ろされた大きな鎧戸に沿ってミシンメーカーの名前が読み取れた。アーク灯が通りの真ん中にぶら下がって、むき出しの光が当たっている場所を陰鬱に揺らしていた。赤く塗られた外壁沿いに、光は上下していた。なぜこんなひどい赤なんだ？　なぜこんな異様で荒れ果てた、化粧窓の大きな建物なんだ？　ずっと上の方、アーク灯が揺れて照らしているこの低い所からずっと上に、七階のところで長方形の光が三つだけ切り抜かれていた。

ハーヴィーが夜ひとりで長い数式と熱心に取り組んでいた。それを彼は空に向けて放ち、もう一度ワーテルローの光景を捕えようというのだ。

VIII

頼んでおいた小切手は朝の便で届いた。ハーヴィーの名前で裏書きし、彼のところに届けさせた。プラチナの代金を払えるようにするためで、彼はブリュッセルの納入業者に電報で注文するのだろう。私はこの融資先からの知らせを心静かに待った。

三時に実験をするとまず彼が知らせてきた。朝のうちにその手紙は送られてきた。次にアクシダンが昼食後に私を迎えに来て、ブリュッセルに注文したプラチナが配達されたが遅れていると知らせた。子供たちが学校から帰る頃、私たちは角の家に入って行った。前夜見ていた、あの灯りがずっとついていた家だ。土曜日で、復活祭の休みが始まろうとしていた。小学生たちが解放感で騒ぎ立てながら掃除の行き届いた歩道を走っているのを見て、そのことに気づいた。私の子供時代がはるか遠くから、この通過儀礼への入口をまたぐ瞬間にこうして合図を送ってくれたのだ。

私は荒れ果てた通路にいた。フランドル地方の清潔さの中では意外な様相だった。アクシダンが先に立って階段の方へ向かった。陰気で古びた、茶色に塗られた手すりだった。そのとき廊下側の我々の後ろで突然ドアが開いた。アクシダンが振り返った。困惑したようだった。

「僕だよ、リザ。この方と一緒に上へ行くんだ。」

そのドアの前には、二十五歳くらいの背の高い女が立っていた。金髪が乱れ、美しいが青白く痩せていて、無言で私たちを見つめていた。澄んだ青い眼と、両端の下がった口が与える困惑し愚直そうな様子に、初めから強い印象を受けた。裸足で古スリッパを履き、バスローブをだらしなく結び、肩の上で少しずり落ちているのも構わないようだった。私たちの前に静かに立ち、両腕はバスローブのひだに沿って垂れていた。そして両手のひらを開いて私たちに差し出した。ぎこちない態度だがいつもそうにちがいなかった。リザには許してほしい。この時は、あんな薄汚れた廊下で、あんなだらしない服と裸足の足首を見て、娼婦だと思ったのだ。アクシダンはそれまで私が聞いたことのない控えめな優しい声で彼女に話していた。

「この人と上に行く」と彼は繰り返していた……

彼女は相変わらず私たちをじろじろ眺めていた。その眼の中には言いようのない非難と不安とが入り混じっていた。病気か檻に入れられた動物が時に人間に対してそんな眼をする。それから彼女は、背後に見える雑然とした台所の方へ後ずさりした。叱られた子供のような青い眼を我々から逸らさないまま、彼女はドアを閉めた。

アクシダンは私に合図をした。黙って階段を上がり始め、私もついて行った。七階にはこの裏階段でしか行けなかった。他の五つの階は空き部屋か事務所になっていたので、この長く汚い階段は実際にはハーヴィーと彼の招待客、それにあの痛ましい住人だけが使っていた。彼女のことを私の友は話そうとしていた。二階の踊り場でやっと低い声で話し始めた。

「リザと言って、管理人だ。」と彼は言った。「僕らに危害を加えないか、かなり心配したよ……だんだん気が変になっているんだ。たぶん近々病院に入れることになるだろう。今日は何とか無事だったが……」

恰幅がいいので、彼はしょっちゅう立ち止まって息をつかねばならなかった。ぼろぼろの長い階段で何度も休んでは、その間リザの話の続きをしてくれた。でも話し初めのときから、彼が立ち止まるのは息切れのせいだけではなかった。

「僕にはどうしようもないんだ。」思い切り咳をしてから彼は言った。「そんなに情にもろい方ではないが、この可哀そうな娘の人生の苦労をあれこれ考えると、どうしても涙が出てくる。話し出すと途端に喉が締めつけられるのはなぜだろう？　口にすると、その力が自分に跳ね返ってくる。言葉とはいったい何だろう？」

実際、ごく単純な話ではあった。この果てしない階段を上りながら、踊り場ごとで止まって聞いた話は。彼女は未婚の母で、やもめだった彼女の父親はそれを許していた。二人は一緒に小さな街を出て、子供も連れてオステンドで暮らそうとやって来た。そしてこの管理人の職を見つけ、父は毎日工場で働いた。三か月前、二歳だった娘が、母親が台所のタイル床に置いたばかりの熱湯の入った鍋の中に、目の前で落ちてしまった。

それ以来、徐々にリザは正気を失ってきた。激しい絶望感からの発作があった。そこで、ハーヴィーの仕事場兼天体観測所のすぐ隣にある屋根裏部屋を自分のものにして引きこもり、死を恨んでずっとわめいていた。「その声は君に聞かせたくないな」とアクシダンは言う。「子供が熱湯の火傷で死ぬところをこの目で見ておいた方がよかった気がする（それでもその子のことは大好きだった。リザのように金髪だった。同じ青い眼で、いつも階段の一段目で、僕がぼろきれで作ってやった人形と遊んでいた）、母親のあの叫び声を耳にするよりはね。何週間経ってもすさまじい、というかもっとひどくなっている……自分を責めているんだ、わかるか……彼女はもうだめだと思うよ」

七階に辿りつこうとしていた。狭い階段枠が眼下に同心円の幾何学形を描いていた。それはいまや私の眼には幻想物語の塔の姿をとっていた。ここには半狂乱の女が住み、毎日この狭い階段を通って、眠れぬ夜々を過ごす屋根裏部屋から恐怖の台所へ降りていくのだ。そして、修復不可能なことへの戦いを挑みに上ってくる、別の狂人二人とすれ違うのだ。アクシダンがドアを開けてくれた。私は「反原因」の実験室を見た。

四角の広い部屋は、数字で埋め尽くされた大きなパネルが壁全体に貼ってあり、選挙の夜の政党の詰所に似ていた。あるいは何かわからない交通機関の時刻表が貼ってあるどこかの駅の待合室のようでもあった。これらの図表や巨大な数々の地図、果てしない小数点以下の数字の列が表していたのは、まさしく時刻表だった。宇宙空間を突き抜ける光線の進路の時刻表で、嵐と宿命のせいで重苦しさの漂うあの遠い日の夏の午後、ブラバントの牧草地、そして鎧の鋼鉄と傷口からの血が映った光線だ。ハーヴィーはほかでもない、これを蘇生させようとして選んだのだ。これらの図表は、地表に対する光の粒子の位置を描いていて、特に各日付のどの時間の間に、我々の地球や他の天体といった遮蔽物に邪魔されずにそれらの粒子が磁力にまで引きつけられそうかを示していた。それらの大きなフレームは黒檀のようだったが、可動式の縦枠に白い目盛が刻まれていて、数字の線影が並ぶパネル上にくっきりとした影になって浮き出ていた。それはハーヴィーが発明した計算用定規、つまり彼の天才による早見計算表だと知った。

仕事場の二面を塞ぐガラス壁は黒く塗られていた。光は透明なままの窓を通してしか入ってこなかったが、それも黒っぽいサージのカーテンで遮光できるようになっていた。すりガラスでできているらしい大きな円形の皿のようなものが、部屋の真ん中に天井から一メートルくらい下にぶら下がっていて、一本の金属の支柱でとめてあった。それは調節レバーで操作できるようで、そのレバーは、地面まで斜めに届く、光り輝く太い管に取り付けられていた。この大きな円盤の下に革のベッドがあって、それ自体も少し高い位置で回転する板の上に載せてあり、明らかに観測者用だった。書見台のようなものが取り付けてあり、横になった観測者が起き上がることなくいつでも、シリンダーの回転で自動的に出てくる紙にメモを取れるようになっている。この書見台に車のダッシュ・ボードよろしく並ぶ切り替えスイッチやキーやレバーを、操作することもできた。すりガラスの皿から降りている管にもレバーやハンドルがあり、指揮官の手が届くようになっていた。

このような装備のある観測者用ベッドの両側に、もっと狭くて低い別の二つの簡易ベッド、不揃いでちぐはぐな二つの長椅子が見えた。たぶんそれを置こうと思いついてから急場しのぎで足した備品だ。その一つは、たったいま運んできたばかりのようでさえあった。それを覆う小さな花柄のクレトン地が新品で趣味も悪く、てかてかに光っていたのだ。オステンドの家具屋に行って私のために用意したらしいこの長椅子を、ハーヴィーはきっとじっくり時間をかけて選ぶ暇がなかったのだ。布の明るい色と派手な絵柄のせいで、この実験室に臨時の仮住まいの様相を与えていた。それは黒檀の大きな計算図表や入念に準備した乳白色円盤の完璧さには全くそぐわなかった。

これらの厳めしい器具は精密そのもので、ほうろう引きのコーヒーポットや、ブラックコーヒーが半分残っているばかでかい陶器のカップともそぐわなかった。幾何学図形と計算用紙のそばで壁沿いに並べた長机の一つに置いてあるものだ。コーヒーポットの近くにはコーラの瓶があった。ハーヴィーは、きっとそれで眠気と闘っていたのだ。

彼はほんの少しだけ長めに私に握手した。その手は疲れで熱くなっていた。彼が感謝の言葉を全く口にしないのはそれでいいと思ったが、なんとなく彼には気詰まりを感じた。

「準備はできています」と彼は言った。「すぐに始めましょう……コートは持ってないんですか？毛布をあげましょう。アクシダン、お友達が位置につくのを手伝ってくれますか？」

アクシダンと僕は、中央のベッドの両側に置かれた二つの長椅子にそれぞれ横になった。ハーヴィーが渡してくれたこの毛布で何をするのかわからなかった。イギリス人の若者は、もうしばらく部屋の中をうろついてから、窓のカーテンを閉めた。真っ暗になった。ただ、私の頭の上の方で、何か滑る音が聞こえ、屋根にくり抜かれた丸い開口部から四月の空の光が差し込んだ。ちょうどすりガラスのスクリーンの真上にそれは重なっていた。

ハーヴィーは私たち二人の間に来て位置についた。

「毛布を掛けたほうがいいですよ」と、渡してくれた格子縞の毛布を私が使ってないのを見て、彼が言った。「私たちの観測はこの開いた屋根の下で長時間続きます、風があまり暖かくないですから」

それから彼は横たわり、頭を革の枕で支え、自分もヤギ革のコートを足の上に引き寄せた。机と、円盤に向かって上っている輝く管の、操縦装置を彼は操作した。青い火花がこの管のてっぺんに点火され、私は格子柄の毛布にくるまった。すでに屋根から冷気が降りてきたからだ。アクシダンと私は命を吹き込まれた機械に乗り、こうして不思議な旅に出発するのだと実感した。中心のベッドの両脇にへばりつき、両側の二つの椅子鞍に乗った旅行者が巨大な象の歩みにつれて揺られるようにして。ハーヴィーは象使いの席につき、傾いた机の上に並ぶキーに傷だらけの手を走らせていた。覆いのある小ランプが、すでに観測用の紙が次々と出てくるシリンダーを照らしていた。若き波動キャッチャーの勇壮で美しい張り詰めた顔が、白い紙の上に映っていっそうはっきりと見分けられた。

「四時十七分だ。」と彼が言った。「四時十九分に、一八一五年六月十八日の夜六時にワーテルローの戦場から反射された光線を受け取る」

彼は厳粛な声で話していた。この仰々しさは、密かに私に、騙されている可能性も排除できないことを思い起こさせてくれた……これが最後の抵抗だった。私の上方で、丸いスクリーン上に、いくつかの影が水面のさざ波のように走り始めたのだ。いくつかの塊が、色彩が現れ、高速の閃光が白い表面に縞模様をつけ、渦を巻いて活気づかせ、動く斑点の跡を浮き出させた。一回か二回、この形をなさない線がまとまりなく次々と出てくる中に、一瞬、街の輪郭、庭の外観が見えた気がした。ちょうど、つまみを回しながら探る手の下で、わけのわからない雪崩のような雑音の中に、あるラジオ局が吐き出すはっきりした音色か音節を突然聞き取るように。次に陰の層と明るい層が整理され、色彩が集まり、焦点が合い、明確な像になってスクリーン上に映された。しかしその意味はまだ分からなかった。

それは緑を背景とした黒っぽい波のうねりのようなもの、濃い青の斑点の動きで、時に大きくなったり、動きを止めて別の斑点に追い越されるものもあり、不揃いの列を成して進んでいた。戦場を見るはずだとだけはわかっていたので、波打つ潮の中に、散開隊形で前進する歩兵の一団の影を漠然と判別できた。この俯瞰的な眺めに慣れねばならなかった。飛行機からの光景は映画で知っていたので、わりとすぐにそれができた。これらの青い斑点は突撃中の同じ数だけの兵士であり、草原の緑を背景に大きくなって動かない斑点は負傷者か死者を表しているのだと、私は解釈し始めた。

「二十七区画」とハーヴィーが言った。「六時四分」

「エ＝サントの南」少し間をおいてアクシダンの声が、観測ベッドの反対側で響いた。「第十三軽装備隊と工兵隊の攻撃だ」

アクシダンは、姿は見えなかったが、ワーテルローの詳細な地図と戦いの大一覧表を手元に持っているのだと気づいた。ハーヴィーは、地図上に記された標高や自分の装置の配置をもとに、戦場のどの地点が見えているかを知らせてくれていた。また、繰り出される紙を見て、映し出された像が再現日の何時のものなのかを読み上げていた。アクシダンは正確に場所を名指し、どの局面かを特定していた。

すでに慣れて、攻撃の動向がもっと楽に見えるようになり、白い煙も見分けられた。それは青い兵士たちの上を通過していて、爆弾の破裂を示していた。私は世紀の惨劇を見守っていた。それはある遠い年から宇宙空間を回ってやってきて、ガラス板の丸い枠の中に刻まれたものだ。確かな現実性で生と繋がっている感覚は、映画では決して得られないもので、詐欺かトリックではと考えるのはまったく論外だった。またそれは、漠然とした既視感や既体験感のような、別の人生の中で同じ光景に出会った確信のようなもので、夢の中ではよくあり、しかし覚醒状態ではめったにないものだ。何より不思議なのは、完全な静寂の中でこの劇的な光景が我々の頭上で動いていたことだ。電気のぱちぱちという微かな音が、金属管の先端に噴出した青いブラシ放電で発せられたが、一瞬だった。火花自体もすぐ消えた。瞬間的に接触しただけだった。そして溢れかえる光に向けてこの合図が出されると、その光の戯れが吊るされたスクリーンの上に音もなくひしめき合い始めたのだった。静寂の中、青い歩兵たちがプロイセン製の銃身を握りしめていた。それはラ・エ＝サントの農家の壁上の銃眼から発射されていた。磁化が灯光器の光のように戦場の光景上をゆっくりと移動し、そしてこの場所を我々の目の前に映し出したのだった。静寂の中、フランス軍隊列の中に転がっていった弾が爆発し、腹の裂けた負傷者たちが身をよじっていた。屋根の開口部から、円盤の方へ奔流のように引き寄せられる光線と同時にこの部屋に入ってくるのは、フランドルの海辺の小さな街、土曜日四時過ぎの日常音だけだった。大バケツの水を撒いて歩道を掃く音、漁師の冗談口と女中の快活な受け答え、ドーヴァーから到着した船便のサイレン、それに、枝の主日［復活祭直前の日曜日］の前日に鐘がまき散らす青銅の波の響き。

しかしまもなく、この現代の穏やかなハーモニーは私の耳に聞こえなくなった。それを忘れてしまった。すりガラスの板、数字で覆われた部屋、私の隣で横になっている二人の仲間の存在も忘れてしまった。二人は小声でデータをやり取りし戦闘の諸場面の特定を続け、ハーヴィーが手さぐりで磁場を移動させて、その諸場面を出現させていた。私は歴史に残る平原上空の、いわば飛行に同行していた。この私が、ラ・エ＝サントの上方を通過し、将校たちの袖についた組み紐飾章を数えたり兵士たちの襟の数字を読み取れるくらいまで下降したり、また上昇して十四万の人間が殺し合う、狭い白熱の戦場の全容を眺めたりしているのだ。ワーテルロー戦はもはや記憶ではなかった。百二十年前の古い出来事を、科学的な発見のおかげでまた見れるのだ。それは現在の悲劇であり、私はそれを熱心に追体験している。

いまは、ラ・エ＝サント農家がついに陥落して、フランスの歩兵隊がイギリス軍の中央左翼に近づき、オアンへの街道で粘っていた敵の列を退却させようとする時刻だった。フランス軍狙撃兵が駆け足で起伏の多い草原のさざ波を降りていき、それから背嚢《はいのう》と軍需品の重さに苦労しながら登って行くのが見えた。彼らは頂上で長く拡がり、音のない一斉射撃の白煙が、その横列の上をゆったりとした雲のように通って行った。列は今の攻撃で揺れていた。戦闘の歩兵連隊は青い服の下に白い半ズボンとゲートルを履いていた。こんなふうに彼らの陣形の細部が完璧に見分けられた。倒れた負傷者の脚は白い斑点となって、牧草や燕麦の上にくっきりと浮き出ていた。攻撃の最前列全体が私の目の前で前進していた。まるで、私が乗っている気がする飛行機が低空でそれを追っているかのようだ。大きな二角帽をかぶった一人の将軍が、徒歩で剣を振り上げて軍隊の先頭十歩前に立ち、振り返っては檄を飛ばしていたが、残念ながらその声は消えているのだった。おそらく砲弾の爆発や射撃の中ですでにかき消され、近衛兵の耳にさえ届いていなかっただろう。ああ、可哀そうな音！　消された声もいつか蘇らせるには、もっと驚異的などんな第二のハーヴィーが現れねばならないのだろう？　次に、映った場面が揺れて緑の空間上で波打ち、時々消えかけたが、焦点がまた定まると、こんどは燕麦の湿った鐘形の花まで見分けられるほどくっきりとなった。生垣の一つにサンザシが見えた。軍事中間地帯（no man's land）に咲くこの花は今も忘れられない。次にはもっと高い所から眺めているようだった。まるで飛行機が翼の転回で急上昇したみたいだ。木立に覆われた草地が我々の眼下で次々と過ぎていた。六月ののどかな田園地帯で、ここにはもう兵士は一人も見えなかった。濃い緑の軍服の死体が一つ、自分の馬に押しつぶされて、窪地の道の斜面にあるだけだった。映像の円形がさらに少し牧草地を縫って滑っていくと、小銃の一斉射撃の煙越しに突然イギリス軍の赤い壁が立ちはだかった。

「六時十六分」と私の横でハーヴィーが言った。彼のことを忘れていた。「十九B」

「幹線道路の西だ」とアクシダンの声が答えた。「コリン・ハルケット旅団かな、それともメイトランドか……ブリュッセル街道上でのオンプテダの反撃の瞬間じゃないか、どう？」

再び戦場は黒檀の丸い枠の中で滑って行った。深紅の軍服の壁が、所々で突然開く裂け目から一斉射撃をしつつ、素早く進んで行った。緑ののどかな田野の一角もあったが、大きな楡の木の傍には死者たちがいた。そして、突然、混乱と乱闘が起こり、馬や鎧がぐるぐる回る。撃ち合いの閃光の中で、振り回される剣が渦巻く反射光を放つ。黒っぽい軍服の一団は混乱をきたし、イギリス軍戦列の後方に退却していた。その間フランス軍胸甲騎兵はその場で別の黒い大隊を粉砕していた。赤と青の斑点は殺戮《さつりく》の真ん中、この渦の中心、つまり軍旗の所で闘っていた。軍旗が倒れて失われ、一人の胸甲騎兵の手で再び立てられるのが見えた。その大男は旗を、ギャロップで突撃とは反対方向に持ち去った。

「今だ」とアクシダンが言った。「彼は六時二十分頃に任務を受けたはずだったね？」

「そうだ」とハーヴィーが答えた。「でも、イギリス戦列が実際にどの地点で揺さぶられたのか見極めないと」

揺さぶられた、という言葉は弱いように思われた。でも私には何も見えていなかった。ゲルマン部隊（アクシダンがそう呼んでいた）がサーベルで斬られてほぼ全滅した場面だとはなんとなく感じていたが、イギリス軍の右翼全体が今や攻撃に屈して退却を始めていたので、それを判別するのだ。全体をとらえるために像を遠ざけて、ハーヴィーは顔をひきつらせながらも両手を冷静に操縦レバーに置き、キールマンセッヘ旅団の退却、クルーゼ部隊の退却、後方へ移された諸連隊の旗、徐々に始まる退却でゆっくりと埋め尽くされていくモン＝サン＝ジャン台地、やがてどしゃ降りとなる雲からの最初の雨粒のように、ソワーニュの森に向かって次第に数を増しながら離脱していく負傷兵や逃亡兵たちを、映し出した。次に、魔法の円の中には、ブリュッセル街道が浮かび上がってきた。そこでは全騎兵部隊が全速力で、将校たちを先頭に逃げ出していた。

「カンバーランドの軽騎兵たちだ」とアクシダンがつぶやいた。

「これでよし。」とハーヴィーが素っ気なく言った。「間違いない、ね、中央右が打ち破られたのは、えーと……六時三十分だ。さあこんどは、大尉のところだ」

いらだっているのかと思える速さで、彼は我々の目の前で戦場全体をざっと流した。諸連隊は縞模様に、炎は閃光にしかならなかった。西から東まで、オアンの道の長い防塁をさっと見せて、イギリス軍最左翼に至った。それから磁化は戦いの前線を離れて北の方に上り、第二防衛線大隊の上を滑って行き、無人の草地の上で止まった。そこに逸れた砲弾がくすぶりながら転がってきたが、爆発はしなかった。この光景が目の前に固定された。夏のじめじめした夜で草は動かず生垣は穏やかで、牧歌的な優しさと共に青い煙のかすかな筋がこの黒い砲弾から金色の新芽の中を上っていた。

「九B」とハーヴィーが言った。「六時三十二分」

「よし」と姿の見えないアクシダンが言った。「彼が通るのはそこだ。気をつけて。あと数秒」

こう彼が言った。私は理解した。何を待ち伏せしているのかを。後方陣地のこの草地を見張って、故ダグラス・ハーヴィー大尉を狙っていることを。昨日からアクシダンとしていた会話で、雄々しくも不運だった副官について読書から得ていたぼんやりした記憶が、はっきり戻っていた。ヨーロッパの運命はワーテルローで決せられた。しかしワーテルローで、戦いの帰趨は六時四十五分頃、二十四歳の一人の騎兵の判断と一瞥と、さらに運に握られていた。彼はパプロットの北にある円丘の頂上に留まり、遠くでプロシア軍歩兵隊の黒っぽい群れが見せる動きを、小型双眼鏡で監視していた。運命が打ち立てられたこの瞬間に再会すること、この瞬間を、ハーヴィーは生涯を捧げ変えたいと願っていたのだ。

IX

ウェリントン公には、プロシア軍の到着にしか救いが期待できなかった。ビューロウの部隊が戦闘の初めからプランスノワ側の戦列に入っていたが、若い衛兵隊に易々と阻止されてしまっていた。ツィーテンが必要だった、ピルヒか、せめて老ブルッヒャーの二人の中尉のうち一人でもいてほしかった。ついにツィーテンがオアンの方角に現れた。しかしすぐに前衛部隊を停止させ、軍の主力が縦列の先頭に集結するのを慎重に待ってから出撃するように見えた。——あるいは、戦いのどっちつかずの動向が明らかになるのを待ったのかもしれない。

この慎重な緩慢さをウェリントンは急き立てようとした。五時半ころに参謀本部から派遣されて、フリーマントル連隊司令官がまっしぐらにツィーテンのもとに到着し、彼の前方大隊からすぐにも砲弾を発射するように説き勧めたが、無駄だった。プロシア軍隊長は、ちまちまと小隊ごとにばらばらに戦わせる気はなく、軍団が集結されしだい攻撃すると冷たく答えた。イギリス人連隊長が元帥のもとに戻ると、ラ・エ＝サントは奪われていて、そこからモン＝サン＝ジャンに向かってフランス軍の大群が上っているところだった。「命令はただ一つ――持ちこたえること」と公は言ってしまっていた。しかし一方で、どれほどの苦悩とともに彼はそこで、小型双眼鏡越しに味方の同盟軍の緩慢な動きをうかがっていたことか！　地平線を埋め尽くしている黒い大群のうち、一列が離れてスモーアンの方へ降りて行ってフランス軍の攻撃の側面を突いてくれないものか、それで勝利となるのだ。しかしツィーテンはフリーマントルの懇願を聞き入れてくれなかったようだ。決定的な三十分を無駄に過ぎさせ、イギリス軍左翼の方へと動いてはくれない。それどころか元帥には、プロシア軍の兜の大きな飾り毛が、南西方向ではなく南東へ、たった今わずかに移動したように見えた。この動きが確かであれば、それが意味するのは、ツィーテンが、戦いはイギリス軍の負けだと遠目で判断して、ビューロウの部隊と合流し彼と共に退却することしかもはや考えていないということだ。

ここまでは、ワーテルロー戦の歴史はみなさんがずっと知ってきたもので、私も同じだ。さてここから、次に起こったことについては、今お話ししているこの私が全てを変えてしまった大事件の前に読んで学んだものだ。軍事史家全員が一八一五年六月十八日のあの結末をどのように語っていたかがここからだ。そして私はこの目で、ハーヴィーの援助のおかげで、それらの話が真実だと確認できた。（しかしかつて真実だったが、真実であることを終えてしまった、つまり存在した、そして存在することをやめた、これらの事実を描くのはどんなに難しいことか！　直説法とは別の叙法が必要になるだろう。あるいは単語ごとに印をつけて、これらのことがらは、「可能なもの」の、永久に分かたれてしまった別の仮説の中、また別の道の上で起こったのだと念押ししなければならないだろう……）

従ってここからは、六時四十四分の分岐点以降は、あの時もしくはあそこで、私の通じていた別の「歴史」の中ではどのように運命は進んでいたかになる。

六時二十分からのことに戻ろう。この時、公は、ツィーテンの諸部隊の憂慮すべき動きを望遠鏡でとらえたと思い、この最重要地点を確認させることにする。というのも、遠いのと煙のせいで、プロシア兵が集結している丘を見極めるのはかなり難しく、とぎれとぎれにだけだったのだ。フリーマントルが伝達した懇願をまた同盟国将軍に繰り返すのはもはや問題外だった。モン＝サン＝ジャンからオアンまで戦闘場を迂回しながら行くには、最速の伝令でも一時間はかかるだろう。それより前にすべて終わってしまうだろう。（総司令官は知らない。イギリス軍参謀部出向のプロシア将軍ミュフリングが、プロシア軍の介入が今か今かと待ちきれなくてイギリス軍の最左翼に行っていたのだが、危険を察知してオアンに向かって駆け出し、そしてツィーテンに対して、より大きな権限でフリーマントルの懇願をちょうど繰り返しているところなのだ）しかし騎兵の誰かが前線の銃後沿いに東へ向かい、パプロット高地までたどりつけば、もっと近くから煙に邪魔されずに同盟軍部隊の変化をたやすく観察でき、三十分以内に戻って元帥に真相を知らせられるだろう。ウェリントンは右側にいるゴルドン連隊長に話しかける。ゴルドンは、将軍たちの数歩後ろで戦闘を見つめながら命令を待つ士官たちの一人に合図をする。前に出たのが、彼、ダグラス・ハーヴィー大尉だ。インスキリングズ機甲部隊、二十四歳、最近参謀部に出向していた。彼の任務は単純なものだ。軍の左翼側に行って、オアン方面を一望のもとに見渡すこと。ツィーテンの動きを観察し、パリの森を通って進みビューロウを合流させるか、それともパプロットを進みフランス軍の右翼を攻撃してイギリス軍に合流するかを確かめること。最速で戻り報告すること。彼ははきはきと正確に復唱し、敬礼してきびすを返した。

二十四分後、彼は戻ってくる。フランス軍の弾丸が軍帽の金属板に穴を開けていた。湯気を立てている馬は今にもくずおれそうだった。その横で彼は報告をする。感情を意志で制御した明瞭な声で。パプロットとオアン街道の北にある丘までギャロップで行きました。左翼側のヴィヴィアンの援護騎兵部隊のすぐ後ろです。ツィーテンの動きがはっきりと見えました。ツィーテンは左翼縦列の先頭に立ってフリシェルモン館とパリの森の方——つまりビューロウの方、敗走の方へと下っています。ウェリントンは直接大尉に尋ねる。間違いないか？　見たと思う動きを地図上で示してくれないか？　ハーヴィーは自分が確かめたこと、自分が進んだ地点、偵察において確認がとれるまで待った時間を説明した。ウェリントンはなおも砲煙の幕を通して自らの眼で見ようとしたが、もはや不可能だった。ドゥルオの砲兵隊が発砲を倍加しており、その雲は前線全体を途切れることなく覆っていた。彼はハーヴィーを注視し、この男とその情報の価値の重さを測る。そして腹を決める。ナポレオンは明らかに最終攻撃の準備をしている。十分後には衛兵が、すでに弱ったイギリス軍戦列に襲いかかるだろう。逃走を試みるだけの時間はまだある。おそらく退却は困難だろう。ソワーニュの森の隘路に追い込まれるからだ。しかし危険を冒す方がいい。壊滅せずにブリュッセル方面へ退却できれば、明日にはナポレオンは、再結集したブルッヒャー軍とウェリントン軍に挟まれて苦しい状況に陥るだろう。十五万の兵に対して八万だけの兵だろうから。公は戦闘停止の命令を下す。

同盟軍にとって不幸なことに、遅すぎた。イギリス軍部隊が退却を始めた危機的な時に、中堅衛兵隊が、士気をそがれた彼らの陣営に襲い掛かる。部隊中核が打ち破られ、開かれた突破口からミローの胸甲騎兵が十度目の猛攻撃をかけ、奔流のようになだれ込み、戦線の後ろに来て渦を巻く。イギリス軍参謀部は、この竜巻に一瞬呑み込まれる。補助中隊騎兵たちが救援に駆けつけるが、救出は困難をきわめる。モン＝サン＝ジャン高地は放棄される。道を引き返そうとしたその時、公は、プロシア軍の伝令が自分の方へ向かって全速力で到着するのを見る。伝令は規律などお構いなしに怒りと絶望をわめきたてる。ミュフリング将軍が六時半に、ツィーテンがビューロウの方へ出発しようとした動きを阻止するに至ったのだ。将軍はプロシア軍部隊の指揮官にフランス軍の側面へ進軍する決心をさせた。すでに各隊列の先頭はスモアンから出るところだった。そんな時にイギリス軍前線が退却を始めていた……今や、戦いに負けた。ツィーテンはイギリス軍の潰走を見て、ミュフリングが自分を追い込んだ苦境からもはや逃げ出すことしか考えない。大急ぎで逆方向をとり、彼はラーヌとシャペル＝サン＝ランベールの方へ退く。ここに向けて皇帝が差し向けたジャキノの赤軍服槍騎兵と軽装備隊を辛うじて阻止しながらであった。ビューロウは、ロボーに押し戻されて、やはりプランスノワ村からマランサール方面へ後退する。明日になれば、グルーシーは、今はリマルを攻撃しているのだが、プロシア軍のこの散り散りの軍を簡単に一掃するだろう。その間もイギリス兵たちはソワーニュの森へと我先に急ぐ。装備品はワーテルローに山と積まれ、森を抜けてブリュッセルに至る唯一の道は、すぐに押し合いへし合いとなる。敗走兵たちは道を離れて伐採林に入り込むが、そこではフランス軍竜騎兵がブナの高木の間を執拗に追ってくる。夜九時、プチ＝テスピネットで、イギリス軍参謀部は追っ手の一分遣隊によって斬りつけられ、ウェリントンは馬から落ち、舗石上で気を失い、かろうじてダグラス・ハーヴィーに助けられることになる。パプロットの丘で急ぎすぎた観察者に。

X

我々はこの運命の男を見た。

我々はそこにいた、映像の絶え間ない流れの下に三人で横になり、ちぐはぐなベッドの上に、祭礼か怪しげな儀式を行うかのように寝そべっていた。頭上の円盤は、再びあの静かな草原を見せていた。驚くべき平穏さで、たった今見たばかりの、猛攻撃がオンプテダ旅団［連合軍］の上に襲い掛かり、立ち上がったイギリス軍歩兵の赤色全体が総力で戦う光景とは対照的だった。パプロットへ向かうダグラス・ハーヴィーの跡を追うために、ひ孫はこうして、彼がこの草原を通るのを待つことを思いついたのだった。以前の試行でいちど彼を探知した場所だ。ゴルドン大佐の命令を受けた瞬間の彼を映像に捕えようとして、戦闘の砲煙や、絶えず動く大隊の方眼隊形、銃後に退く負傷兵や伝令たちの行き来の中で、毎回見失っていたからだ。軍隊の群れから彼が離れさえすれば、磁力の射程内に彼をとどめて、プロジェクターでやるように追いかけることができる。

不発弾が草むらの中でまだ静かに煙を上げていた（それがハーヴィーが定めた照準地点で、他と同じようなこの牧草地を見分けるためだった）。そのとき鹿毛色の馬が生け垣を飛び越え、我々が注視している円の中に現れた。騎手は、馬の首に身をかがめ、堀や障害物を越えて全速力で駆り立てていた。ハーヴィーは私の横で調整ねじを再びゆっくりと回し始めていた。私たちは放牧場や小麦畑を横切り、大尉の速駆けをイニスキリング竜騎兵隊のところまで追っていた。映像は、ハーヴィーの手綱さばきのもとで大きくなり近づくように見えた。拍車を入れる馬の上にかがみこんだ士官の顔は見えなかったが、体の線を押しつぶすほど前のめりになった光景にも関わらず、ドルマン軍服に身を包んだ、美しくて力強く上品なイギリス人の姿が見分けられた。

映像の範囲は彼とともに移動していた。ただ、手探りで、時には危うくその姿を見逃しそうになった。まっすぐに進まないのでなおさらだった。地面の陥没や、背後を辿っていた戦線への支援部隊に出くわすと、迂回をしていたのだ。一瞬、彼が馬を止めて左に曲がり、ピストルを取り出して装填するのが見えた。ハーヴィーはこう言っていいなら「高所をとった」。そこから、映像の畑を大きく見せた。すると騎兵の一団が目に入った。はじめはイギリス兵だと思ったが、それは帝国軍近衛兵の赤い槍騎兵に違いなかった。フランス軍は四時以降、騎兵隊の執拗な猛攻撃を益々激しくし、そのまま敵の方陣を突き破っていた。突然、それがイギリス軍騎兵中隊に囲まれ急襲を掛けられたように見えた。と、この乱闘は我々の丸い視界から消え去った。ハーヴィーがひたすら注視していた大尉の姿を近くに寄せたからだ。我らが竜騎兵が窪んだ道を降りていくのがまた見えた。そしてまたしばらく上る。並足で、ミズキやヤナギの下を通って。その陰に隠れて彼を見失わないか心配だった。しかし軍服の赤い斑点が追跡の助けになった。次に彼は馬に、途中の切り立った急斜面を飛び越えさせ（勇ましい騎士だ。ハーヴィーは私の横で、おもわず小声で満足そうな感嘆の声を挙げた）、また速歩に戻して燕麦畑を抜けた。畑の頂上あたりで彼は止まった。小型双眼鏡を取り出し、しばらくそれで地平線を観察した。たぶん彼がいた地点ではオアン方面への見晴らしが十分ではなかった。双眼鏡を手に持ったまま、また走り出したからだ。二つのレンズが時おり閃光を放っていた。やっと、別の窪んだ道を見下ろすなだらかな草原で彼は立ち止まり、双眼鏡でじっくりと見始めた。もちろんオアンの方向だ。

「六時四十分」とハーヴィーが言った。「六時四十四分に引き返すのを、僕たちはせんだって確認した。あと三分で彼が見ることができたものを正確に突き止められる」

そして、化学で傷んだ指をちょっと動かしてスティールのキャスターを回すと、戦場がまた目の前で超速に展開した。円形の映像が戦線の上を再び通り、東の端へと向かった。そこではヴィヴィアンとヴァンドレールの騎兵隊が側衛として留まり、プロシア軍の介入を待っていた。彼らと共にフランス軍左翼の方へ向かうためだった。砲撃による白い雲がほとんど途切れることなく湧き上がっていた。所々で作戦行動中のフランス軍の密集隊形や、不動の予備隊、負傷者や死者の散らばるブラバントの草原が姿を見せていた。この砲煙の雲が探知を難しくしていた。映像はしばらく軍隊のいないいくつかの丘の上を漂ったあと、ツィーテンの部隊を発見した。だが突然画面が固まった。パリの森へ曲がっていく縦列の先頭にあたるフリシェルモン館の東に、プロシア軍が、近衛槍騎兵の後ろに黒い群集となりひしめき合って現れた。彼らは停止していて、武器を足元に置いていた。銃にもたれかかっているのが見えた。壕の中で座っている者もいた。

「彼らは停止したんだ！」とハーヴィーが言った。「それはミュフリングがツィーテンのもとにやってきて、運命を決する行動を中断させ、パプロットに向かう約束を取りつけたときだ……大尉はプロシア兵たちが停止しているのに気づかなかった。前衛は小谷の中にいて、しかもオアンの小川の南側にある小さな森で隠されていたから、視界に入らなかったんだ。彼は遠くから望遠鏡で見て、ツィーテンがパリの森の方へ向かうこと、そしてプランスノワの後ろのビューローウのもとに戻るという決定、それだけを確かめたのだ……しかし偵察にはあと二分残っている。二分だけ！　すると彼に見えるだろう、この縦隊が畑の中を右側面を通って進む間にも、シュタインメッツ師団の大軍が戦いに勝利をもたらすべくスモアンの方にやって来るのが！」

私は激しく感動して聞いていた。それには奇妙な安心感のようなものも混ざっていた。紆余曲折がどうであろうと、芝居の結末はうまく収まることを知っている観客の気分だ。というのも、本能的にはワロン人としての私の親近感は当然フランス人の方へ向いていた。もちろん連合軍陣営の中にはいくつかのベルギー人部隊もあったかもしれない。我々の地域は当時オランダに帰属していたし、オランダは連合軍側だったのだから、なかったはずはない。でも私たちのところでは民衆感情はいつも皇帝の方に向いていた。しかもかなり多くのワロン人が志願してその指揮下で軍務に就いていた。私はハーヴィーの立場に心を打たれ、祖先の責任に関する彼の苦悩を分かち合っていたのだ。それにしても、私の陣営の勝利が敗北と呼ばれかねない、不思議な小説を読んでいる気がした。それに、タイミングよく気づかれればイギリス軍の勝利を導き得たかもしれないシュタインメッツ大隊のことを彼が話していても、私は心の底で、そうはならなかったし勝ったのはフランス軍だという落ち着いた自信を持っていた。

「六時四十三分」とアクシダンが言った。彼は視力も良く、ハーヴィーの前で自動的に巻き出される紙の上の時刻表示を読んでいた。

すさまじい速さで、畑や谷が、位置を変えた映像の円の中で再び駆け抜けた。大慌てで南西の方にまた上っていき、我々の視線は、偵察中の大尉を残していたあの高台の方へ戻っていった。ハーヴィーはほとんど迷うことなく、ほとんど手探りもせず、地表の波打つ像を捕えた。そこでは赤いドルマン軍服の騎兵が鐙《あぶみ》の上にまっすぐ立ち、双眼鏡をパリの森の方へ向けているのがまた見えた。彼は双眼鏡を離し、参謀部の地図を注意深く調べ、それを馬の頸の上に広げ、馬がぶるっと体を震わせるのを制御していた。次にまた双眼鏡をとり、何とかもっとよく見えるように体を前に乗り出していた。

このとき我々のすぐそばで、仕切り壁の向こうから、動物かとまがうばかりの長い叫び声が突然響き渡った。腹を傷つけられた女のわめくような嗚咽だった。ハーヴィーは、哀れみと苛立ち両方の叫びを押し殺した。

「あの不幸な人だ」と彼は言った。

リザが隣接した屋根裏部屋で叫びを上げ始めていた。この常軌を逸した騒ぎのことをアクシダンは私に予告していたのだ。理性の埒外から出た叫び、別の恐ろしい現実を知って出た叫びだった……錯乱した母親の野蛮な吠え声が戦闘の進行中に不意に割り込んできたことで、私は思い出す限り最悪の気分になった。というのも、このとき私自身の理性も渦を巻いて消えそうになったからだ。私と不可分だと思っていた理性を、頑丈な錨地からこうしてもぎ取るものがあったのだ。それはリザの叫び声だった。間近で今起こっている叫び、それは恐ろしく非現実的に思えた。一方ではワーテルローの映像が、目の前で私自身の生に組み込まれていた。私は眼と同時に生きていたのか、それとも耳と同時に生きていたのか？　私は駅で停車中の列車の中で、車両の両側に、逆方向に別々の速さで動いている二つの列車を見ている旅行者のようだった。自分が動いているのか、どちらか一つの列車が止まっているのか、彼にはもうわからない。私もまたわからなくなった。二十世紀のさなかにオステンドの屋根裏部屋にいて、蘇ったワーテルロー戦に科学の奇跡によって立ち会っているのか、それとも今は一八一五年六月十八日で、その一日が終わろうとしているのか、私の生はそこに置かれているのか、そして打ちひしがれた女のこの恐ろしい声は百二十年後の未来からやってきて、狂乱の風となって戦場に吹き渡っているのか。わめき声は少しずつおさまってきた。苦しみのうちに眠りにつく獣さながらに。そしてアクシダンの声がたった今の災難から我々を引き離した。

「六時四十四分」彼は言った。

大尉は再び馬に乗っていた。双眼鏡を箱にしまい、軍帽のあごひもを結び直し、走り出そうと手綱をまとめ馬を反転させていた……賽は投げられた。彼は帰路についていた。我々はちょっとの間その駆歩に合わせ、ぬかるんだ土地を抜けて行った。蹄が土塊を跳ね上げていた。次にハーヴィーは、もう一度そこを離れてスモアンの方に向かった。プロシア軍歩兵隊の縦列が歩みを速めて村に近づいていた。すでに斥候たちは村を通り抜けそこを出て、パプロットの方へ散っていた。映像を遠ざけると、ドイツの第一軍団全体が三縦列でフランス軍右翼へ向けて集結するのがはっきりと見えた、二十分後にはそこに到達しているだろう。しかしダグラス・ハーヴィー大尉がギャロップで走っている草原の方へ我々が磁力を戻す必要はなかった。彼が取り返しのつかぬ恐ろしい過失を持ちかえり、それがイギリス軍の退却の決め手になるのはわかっていた。

カチッという音がして、ドラマを追っていた円盤が乳白色の半透明に戻った。それから部屋の灯りがつき、引き窓のついた屋根が閉じた。ハーヴィーが真っ先に起き上がった。彼は観察記録の紙を、巻き取られていたローラーから引き出し、それを持って長い仕事机の一つに向かった。そして我々に背を向け、出ていくようにと手で合図した。泣いていたのかもしれない。

アクシダンと一緒に階段を降りるとき、リザのぞっとさせる叫び声がまた聞こえた。

XI

世にも不思議なこの物語を、私はなんとかできるだけ手短に、脱線せずありのままに話したい。この監獄での私の状態については、あの冒険がいかに私の本質を深く変えてしまったかをわかってもらうのに役立つことだけ言っておきたい。例えば、以前の自分を再び見出す妙な印象、それはあの日の夜ホテルに戻った時に初めて感じたのだが、今ここで毎週土曜の三時頃に私を待ち受けている印象で説明してみよう。

土曜日というのは、囚人たちが髭を剃ってもらう日だ。一人一人順番に木の椅子に座り、うなじを後ろに倒して床屋に顎を差し出し石鹸をつけてもらう。だが座る前に、我々はみんなしばらくの間、壁に掛かった鏡を見る。椅子の後ろに立っている看守は、こうやってじっと見入るのをやめさせるために、いちいち注意しなければならない。独房には鏡がないのだ。七日間、我々は自分の顔をもう見られないだけに、こうしていっそう自分自身から完全に切り離される。自分の顔が見知らぬものになる。顔を忘れるという得難い道を歩む。すると土曜日がやってきて鏡タイムだ。そして自分の姿と再会し、毎回同じ驚きだ。独房の食事で少しむくみ、頭は短く刈られ、髭は頰の上で黒く濃くなり、眼は必死で自分の姿を認めようとする。

ホテルに戻って見つけた、失いかけていた私の以前の顔と再会した鏡、それは郵便物だった。会社から数通の手紙が送られてきていて、私の個人的な返事を求めていた。オルビュス嬢が注文を記載したり、価格の要求に応じたり、遅れた支払いについて念押しをしたりしてくれていた。あとは私の最終判断に委ねられたごくわずかな問題が残っているだけだった。私は違和感に考え込みながら、ナミュールの住所とともに封筒に印刷された私の名前をじっと見た。前々日の私の人生はもうあまりに遠く、商用レターヘッド付のこれらの長方形の紙が反射する光が私の眼に届くまでには、ワーテルローの光景よりも長い旅をしてきたと思えるほどだった。私はこれらの手紙を無造作にポケットに入れ、それを開けるという嫌な仕事をずっと先延ばしにしようとした。そのとき差出人の一人の名前が強烈に私の眼を引いた。エレベーターを出るとすぐ、私はこの手紙を開封した。それはシャルルロワの証券仲買人ビノからだった。手紙はナミュール経由ではなく、直接オステンドの私宛てになっていると気づいた。しかも速達で送られていた。

証券仲買人は書いていた。「ご静養中のところをお邪魔して申し訳ありません。あなたの会社からオステンドの住所を教えていただきました。急を要しますので失礼ながらそちらに手紙を書かせていただきます。

一昨日あなたに言えなかったのですが、私に注文された証券取引を私はなるほどと賞賛していました。カウンターにいたのは我々だけではなかったものですから。それに、あなたの買付を正しいとさせる情報はまだ秘密で、当然公表するわけにはいかなかったのです。私自身もそのわずか数分前に、ムノトが近々国に買収されることが二四時間後に公式発表されると知ったのです。好機をうまく捉えたあなたの咄嗟の判断に喝采を送ります。『株式便り』が出した偽のニュースが相場を下落させたその日だったのですから。

あなたにお尋ねしたいことがあってお手紙しております。証券取引の利益の売却は三か月の決済期日まで待つおつもりか、それとも現在の高騰を利用して今でもいいですし、証券が落ち着くべき限度に達したらとお考えでしょうか。ムノトの水準株は今日の開始時には五一五フランだったのですよ。しかし明日さらに相場が上がるのは間違いありません。買戻し価格が、取り沙汰されている九五〇フランにまでいくのか確かではありませんが、九〇〇フランには確実に近づくでしょう。しかし憶測はあてにはなりません。そこで、あなたのお立場の重要性を考えて、株価が七〇〇フランくらいの相場に達すれば利潤の受け取りを僭越ながらお勧めします。そうすればまず失敗はないと思います……」

落ち着いて、海に面したバルコニーに向いて置かれた赤い肘掛椅子に腰掛け、私はこの手紙を読み返し、ごく簡単な計算をしていた。ハーヴィーの計算に比べてあまりにけち臭い計算でおもわず笑ってしまった。七〇〇引く四二〇で二八〇。二八〇掛ける一五〇〇で五七〇〇〇〇〔原文の通り、正しくは四二〇〇〇〇〕フラン。これだけ？　これだけだ。損失であればこの数字は破滅的な額になるだろう。

儲けであればどうしようもなく期待外れの貧相なものだった。五〇万フラン少ないだけで私は完全に破産だろう。五〇万フラン足しても金持ちにしてはくれない……単に一時しのぎの収入だ。この思索は私を一、二年前に連れ戻し、それと共に破産への緩やかな坂道を遡らせた。金持ちになる感覚より、持続する衰退のこの感覚の方が、私を優しく心地よくとらえていた。その間もビノの手紙は、書かれた数字の威力を伴って、私の膝の上で開かれたままだった。この郵便物、金による時間のこの等価物は、世界について、持続について、行為についての私の新たな見方を確証しにやってきたのだ。株式投機の成功のせいで、私はアクシダンの主張を認める気になっていた。出来事はかならず、同等に可能な二つの決着のどちらかを選ぶのだ。私の財政状況を二年ほど後戻りさせたその容易さは、ワーテルローを再現してみせてくれたいとも簡単な発明ともつながっていた。私は自分を非現実的でとらえがたく感じていた。新しい次元を通って航行し、一八一五年の光景を目の前に蘇らせる主として、「時間」の大河を上流に向けて二年遡る術を知っているのだから。私のお金でそれを甦らせたのだから。あの三万フランがなければ、ハーヴィーの科学も発見もあの日実行に移せなかっただろう。遠い過去からの光線に指令を与える権利は私のものだ。それは発明者と同じく私のものでもある。なぜなら、彼の天才と同じくらい、また同じほど当然に、私の小切手がワーテルローの戦いを磨りガラスの円盤の上に出現させたのだから。しかも——そう考えると嬉しかったが——この私自身の力も、もっと不思議で恣意的で豪勢な何かを持っていた。ハーヴィーと私の間にあるのは、最新型の車の開発者とそれが引き渡される上品な女性との間の違いと同じだった。技術者は点火装置の仕組み、エンジン気化の改良や、この機械仕掛けの組織体に命を与える無数の微妙な細部を知っている。若い女性はそれらについて何も知らない。しかし彼女はハンドルを握り、豪華な銀のダッシュボードの前に座る。手袋をはめた指でエンジン始動のボタンに触れ、命令する、すると何も知らないのにエンジンがそれに応じて動く。若い女性の優位性は明らかである。そして私がその若き女王なのだ。この私、ギュスターヴ・ディウジュが。

こうして上階のバルコニーで、沿岸から夜が次第に迫っていく海の彼方に目をやり、世間から身を引いて辿り着いたこの空中の新たな王座を心から楽しんで、私は受け取ったばかりの他の手紙も開けてみる気になった。興味深く、取引相手たちがナミュールにいるギュスターヴ・ディウジュと交わし続けているこれらの論戦を読んだ。進行中の契約、下落の保証、傭船契約の遅延についてだった。彼らはこうして、この名誉ある地方商人の存在を引き延ばしている。私はそれを辞めてしまったのだ。一瞬自分を失ってビノ氏に証券取引の指示を与えただけで五〇万稼げたことを知っている私は、七七〇フランを示す支払額の差異でこのように議論が起こっていることに感心していた。オステンドの屋根裏で、三万フランと天才とで百二十光年の距離を消滅させる方法を知った私が、運送船リジコ号の二週間の遅れが引き起こした二ページにわたる激しい論争を読み直している。ナミュール人ギュスターヴ・ディウジュの習性、私はそれを感慨深くほとんど不信感とともに思い出していた。思い起こせば、彼は気の遠くなるような無駄な気遣いや奔走をして人生を送っていた。彼は終焉に向かって歩んでいた。そうだ、彼は墓へと歩んでいたのだ！　彼は原価を計算していた（全く分からないあの

「偶然」によってずっと間違いを犯していた。そういった計算の一つに「予測不能――これこれ」と書けば、予測不能のものは「偶然」に属すものではなくなるからだ。「偶然」はそれでも支配者のままだ）。彼は注文をさせる。彼の商売であるお金をゆっくりと失わせるあの機械を維持するために。彼は喜劇的な器用さを身につけてしまった。それは彼の能力を甚だしく悪用させることになる。たとえば彼は電話口で、同じ頭文字を持つ単語で各文字を確認しながら、見事に名前を綴ることができた。従業員がもはやついて行けないほどの速さでやりさえした（ペカリ *Pékari* は、ポルトガル、エリザベス、キログラム、アルチュール、ロベール、イジドール）。しかもその不幸な男は、それを無意識にちょっと鼻にかけていたと思う……かつての私だったこの男を思い出して、私はぼんやり考えていた。彼はナミュールで、父の事務所で、分裂したもう一人の私として同じ生活を続けているのではないか、そのうちの波乱に富んだ分身の方を私が受け持ったのではないか。この混同を半ば認識しながら、そのまま眠りにすべり込んでいった。

そのころは毎日、すぐに眠りに落ちていたのだ。たぶん、驚くことが次々起こって神経が磨り減っていたんだろう。この快適な独房で何か惜しむとすれば、ホテルの部屋の高所で海を前にして赤い肘掛椅子でむさぼっていた、こういった浅い眠りだ。とりわけ、あの夜の眠りだ。全く新しい解放感に満たされ、私の周りにはそれを証しだてる手紙があり、配達証明書が私の眠りを取り巻いていた。私の思考はいつのまにか夢の中のものになっていた。ギュスターヴ・ディウジュが歩いてナミュール駅に向かい、株式仲買人たちの列車に乗り込むのが見えた。そんなことはしなくていい、一年に一回、証券仲買人の窓口に行くだけでいいんだと知らせたかったのに、話しかけられなかった。内心の心地よい歓喜のせいで、一言も声を出せなかったのだ。この歓喜は、今や彼がいつのまにかナミュールの大通りと重なったワーテルローの戦場を歩くにつれ、強まっていった。彼は突撃真っ最中の胸甲騎兵たちの映像を突き抜けてゆっくりと進んでいた。彼の足は擲弾兵《てきだんへい》たちの死骸を踏みつけていたが、その感触はなかった。何より奇妙だったのは、彼が立ち止まって路面電車が通り過ぎるのを待ち、ある家の角を避けて曲がるのが見えたことだ。そのとき彼は、全速力で走る重騎兵隊の大きな馬どもの体の中に泰然と入り込んでいく。まるで馬か彼のどちらかが雲の塊でしかないようだった。私の陽気な気分はどんどん強く激しくなり、苦しいくらいになった。次には一転して明らかに気分が悪く、不安に襲われるほどになった。私は耳の中でリザの恐ろしい叫びを聞いて、目覚めた。

一時間後、ハーヴィーと私は夕食を終えようとしていた。二日前の夜に私が解放されてから最初の食事をした、防波堤のあの同じ居酒屋の中だった。我々は大いに肉を食べ大いにビールを飲んでいた。過酷な一日の終わりのように。

「大尉の責任は明らかです」と彼は不安な熱に浮かされたように言い続けていた。「私たち、つまり祖父と父と私が書くことができたのは、ウェリントンが退却を命じなかったとしても戦いは負けていたと何とか論証することだけでした。そのすべてでも、この事実には抗えない。つまり、ダグラス・ハーヴィーは任務から誤った情報を持ち帰った、そしてこの情報が退却を決定づけたことです。パリの森の方に入り込んだ縦隊が停止していたことに、彼が気づけたはずなのは間違いない。おそらくこの縦列の先頭は、小川の南にある小さな森のせいで彼には見えなかった。だから、きっと遠くからだと、この黒い塊が道に沿って移動していたのかそこで止まっていたのかを判断するのはかなり難しかった。しかし、手がかりさえつかめば、きっとできたはずです。

実際には、彼はそう考えなかった！　プロシア軍の縦列がパリの森への道をとっていたのを彼は見た。それが任務の目的だった。数分間偵察を続け、地形について間違ってないこと、連合軍歩兵隊の列が続いている道はビューロウ軍の方に向かうことを、彼は確かめようとした。そのために、縦列の周囲での様々な偶発時を地図上で丹念に確認した。縦列そのものを彼は観察しなかった。パプロットの丘の上にいた四分間を、オアンの小川やフリシェルモン館、ラーヌ街道、パリの森を確認して過ごした。しかしプロシア軍は、小型双眼鏡のフレームの中に二十秒以上は捉えなかった。

それからツィーテンが選んだ進行方向を確信すると、彼は引き返した。オアンの方角へ最後の一瞥を投げてさえいれば、そっちから別の一縦隊がさっと出てきてパプロットへ降りていくのを見たはずだ……

おそらくすぐ済ませよとの命令だったのだ。しかし、パリの森の方を向いたプロシア軍部隊を見て、そっちに向って進んでいると結論するのが早すぎた。停止中だと気づいたなら、すべて救われたのだ。この意外な停止の理由を知るまでは、きっと彼は偵察の場から離れなかっただろうからね。

ダグラス・ハーヴィー大尉はその気高い人生の最後まで、ずっと信じて断言していた。観察したその瞬間、プロシア兵たちはまだ停止していなかったと。数多くの証言、数多くの検証が、その方向で集められた。祖父はそれらを引用し、父はそれらを集めてまとめ、それは私にとって説得力があり、私自身も新たな資料を集めました……ああ！　見ましたよね。もう今ではそれを主張できません。あの証言者たちは、大尉自身と同様に間違っていた。私たちは今日、イギリス人の偵察者と彼が観察したプロシア軍団とを同時に見ることができた。私の祖先がパプロットの丘で馬を止めたときすでに、決定的な取消し命令がツィーテンの兵士たちに発せられていたことを、私たちは知っている。

　この過失からの結果は疑いようがない。大尉の報告に基づいて、この報告だけに基づいて、ウェリントンが退却命令を出したとは、誰一人指摘してこなかった。その決断ももっともだった。ツィーテンの援軍なしでは、戦いは負けるのだから。

　プロシア軍の将軍が方向転換をしたとあってはどうしてまだ希望を持つことなどできるだろう、六時に将軍はパリの森を進んで――つまり、結局戦場から逃げたのなら。フリーマントル大佐はその一時間前にツィーテンの前で必死に訴え、ウェリントン公が即刻フランス軍側面に突入を掛けるのがいかに重要かを懸命に説いていた。つまりその必死の懇願にもかかわらず、ツィーテンは南西へ進路をとっていたことになる。また総司令部はミュフリングの決然たる働きかけを思ってもみなかった。この補佐官がどこにいるのか知らなかったのだ。

　もし大尉が、連合国の離脱を知らせる代わりに、その介入が目前だと報告していたなら、もし退却命令が下されていなければ、戦いは勝利を収めただろうか？　認めるのはかなり難しい。戦いの運命はあまりに多くのことにかかっているから、そのうちの一つだけを変えたって、そのあと積み上げられる一連の出来事を想像してそんなふうに組み立てることはできない……それでも、一つのことは確かで、それだけで私の曽祖父を打ちのめすのに十分だ。つまりツィーテンとミュフリングは、私たちも見たようにプロシア軍団がフランス軍側面を攻撃しかけていた証拠を示したが、そのときイギリス軍は退却への合図を打ち鳴らしたのだ。プロシア軍によるこの攻撃があれば、間違いなく確実な勝利になったとは言い切れない。ナポレオンは予備軍と共にそれを阻止しようとしたかもしれないし、その間にイギリス軍戦列をすでに打ち破ったかもしれない。しかし、ナポレオンの動きはどれほど難しくなったことか！　そしてイギリス軍にとっては、同盟軍がついに攻撃するのを見て、どれだけ精神的支えになっただろう！

もし私の曽祖父が正しく見ていたら、もし、一瞬の誤った判断を訂正して、ツィーテンが動こうとしていると正確に報告していたなら、イギリス人は十中八九勝利を手にしていただろう。しかし彼の不正確な報告に基づいて決められた退却のせいで、勝つ見込みは十のうち一もなかった。

さあ、これが真相です。そして私たち、つまり祖父と父と私が言ってきた真実とは逆です。私たちが小冊子の中で主張してきたのは、ダグラス・ハーヴィー大尉は間違っておらず、しかもいずれにせよ七時に、つまりプロシア軍第一部隊がやっとスモアンから出てこようというときには、戦いは敗北していたということです。

真実とは逆です……」

彼は苛立ち、機械的に空のグラスに手を伸ばした。このレストランではアルコールは出していなかった。彼が求めている救いが何なのか私にはよくわかった。彼はそれで熱に浮かされ、低いが急き立てられるような声で話していたのだ。私は外に出ようと促した。彼はうわの空で従った。外に出ると、急に寒くて風も強く、ウールのゆったりしたコートを体にぎゅっと締めつけながら、彼はまた夢中で話し始めた。アクシダンが前日そうだったように。オステンドのこの突堤は、今の満潮時には闇の中で砕け散る波の白さに縁取られ、沖からのこの突風は、ときおりごく新しい、いかにも人間らしい苦悩が表れたあの言葉の断片を運んできた。そして相変わらず天体のような規則性をもって、灯台のあの三本の光線は一つずつ頭上を通り、大きく拡がって海上の闇の中に消えて行った……突堤はもはや昨日のように無人ではなかった。ヴァカンスの始まりの、まさにこの初日は、すでに一群の人々を室内から連れ出していた。いくつかのホテルが開いたところで、それらの大きな窓の明かりが、閉まった建物正面の暗い列に点々と斑点をつけていた。時折すれ違ったのは、潮の香りのするこの最初の夜を快活に歩く家族連れ、旅行用ラグラン袖コートの下にタキシードを着て運試しの時を待つ単身のギャンブラーたち、二、三人ずつ屈託なく大声で笑いながら通りすぎる少女たちだった。その他にも、ベンチの上では一組の恋人たちが風の中でしっかりと抱き合っていた。私のと似たホテルのどこか一室での至福の夜が約束されていた。彼らの上には、祝福を与える灯台の大きな腕が回りながら伸びていた。しかし我々はもう、そんな陽気さやそんな幸せな世界の者ではなかった。前日、アクシダンが私にハーヴィーの発見のことを打ち明け、その広大な場を開いてくれた。今夜はハーヴィー自身が、途方もない苦悩を私に打ち明けていた。

「この状況が私にはどれほど苦しいかわかってもらえるかどうか」と彼は言った。「曽祖父の弁明をしたくて、私たちは何をしたか？　ウェリントンに責任を負わせたのです。私たちは、戦いに負けたのはまさに彼であって、一人の斥候士官による致命的な過ちのせいではないと証明したのですから……私たちが間違っている。その証拠を私が手にしたからには、三世代もの間あやって主張してきた説を撤回しないでおく権利は私にはありません。なにがあっても当然そんな権利はないでしょう。しかし非を認めてウェリントン公に謝罪するという私の務めは、曾祖父が指揮官に対して信仰にも等しい念を抱いていただけに、傲慢なものです。ウェリントンの指揮下で、彼はスペインでの初陣を飾っていたのです。彼はいつも言っていた。公の命を救うためなら自分の両目を捧げてもこれほどの幸せはないと。私たちも、私自身も、ウェリントン家からの畏れ多い恩恵のおかげで、父から子へと、お金の心配もなく人の下で働くこともなく生きてこれたのです。曾祖父はそれほど裕福ではなく、視力を失い、財産なしの娘と結婚していましたから。だから歴史を訂正しなければならない。彼のひ孫であるこの私が、長い晩年を過ごした小さな城の奥から彼がいつも憤慨し心から抗議していた、あれらの非難が正しかったと証明しなければならない。

そうすべきだ、私はそうするつもりだ。公は、敗北の責任を大尉に押し付けようなどと一度だって考えなかった。それでもこのテーマに係る論争が起こって、その機会もあったかもしれないのに、公はそうしなかった。逆に、パプロットの偵察者に対する軍事批評家たちの攻撃を公然と非難したのです。公が覚えていたのは、プチ＝テスピネットの舗石と、フランス軍胸甲騎兵の一人が若き士官の頭にサーベルで斬りつけたこと、それは士官が総司令官を馬の鞍に乗せようとしている間だったこと、それだけでした。それが、書いてきたことを撤回したいもう一つの理由です。これらが真実だと考えていた時には、我々には出版する権利と義務がありました。しかし今はそれが、長きにわたる誤りに基づいたものだと知っています。

今までそれをしなかったのには理由がありました。「希望」を持っていたのです」

彼はこの言葉を突然の告白のように吐いた。そして感情と裏腹に態度を硬化させたのを私は感じた。

《希望》。この二音節が、今も静寂の中で驚くほどの余韻を残していた。我々の急ぐ足音だけが突堤の平らな舗装の上に鳴り響いた。二つの音は永久にそのままの響きで私の中に残った。そのこだまが無限に法螺貝の中の海の音のように、私の独房の四面の石灰壁中でも響き続けていることを、今からは知っていてほしい。

「希望を持っていました。何を期待していたのか？「反原因」、つまり既成事実を変えてしまうような梃子《てこ》の支点を発見することか？いや、この世界の諸条件の中でのある変化、つまり奇跡を期待したのです。過去に働きかける方法を見つけること、その挑戦はもうやめたからです。加速した光と曲がった宇宙空間の働きは、一見とてもうまくいきそうだが、時間を支配したという錯覚を与えて、精神を惑わす恐れがある。あの光の微粒子の磁化も確かに発明できた。天の虚空の極限の彼方にその波動を探しに行き、それを捉えて手元の鏡に持ってくる。夢を見れた瞬間もありました。こうやって光を使って時間を制御したんですから。逆向きに同じことをさせ、曲がった空間を通って、私からの合図を加速する光として送る。光の合図が時間の流れよりも速く一八一五年六月十八日に、ワーテルローでダグラス・ハーヴィー大尉の目に届くのです。分かりますか？」彼は何か怒ったように私に言った。「それを試したのです。無茶ですよね」

興奮しているときには、英語訛りが戻っていた。彼は私の腕をつかんで、自分のばかげた企てはまさに狂気の沙汰だと納得させようとした。しかし私はその日の午後、実現不可能なことが実現されるのを見てしまっていた。彼の考えのとんでもなく非常識な野心をすんなり受け入れる私の素直さこそが、ハーヴィーをいら立たせていたのだ。

「言っていいですよ。気がふれてるんじゃないかと……やっぱり不可能なことなんですから。そうですよね？　理論的にも実際的にもばかばかしくて、せいぜいどこかの読者に天文学を通俗化してみせるくらいだ。アインシュタインの計算が現実を消し去ったとすぐに信じ込むだろう……現実は存在する。時間というモノはびくともしないままだ。不可能だ、そう、光を使ったり他にどんな方法を使っても、過去の出来事を変えることなど不可能なんだ。光の微粒子の磁化は初歩的なものでしかないが、それに成功してから計算と実験を二年間続けた結果、それがはっきりわかった。想像しうる限り知力を使い尽くしても、この計算や実験を超えられないだろう。光に手を加え、速度を増したり、宇宙空間の歪みを使ったり人類が古くからの「時間」概念に間接的に挑み得た、斜めの逃げ道のあれこれも使ってみたが、どれもできなかった。過去は過去のままです。今日オステンドから出たいかなる光線も、一八一五年のワーテルローを動かすことはできません」

彼は美しい髪を手で掻き上げた。風がそれを額の上に戻した。再び我々は沈黙した。聞こえるのは、闇の中を突堤の傾斜面沿いに上ってくる心地よい波音、すれ違った少女たちの笑い声、そして頭上を平然とゆっくり旋回する灯台の三つの閃光。海の大いなる息吹の中でこうして歩くことで落ち着き、ハーヴィーはより穏やかに話を継いだ。

「それでも、科学的成功の希望から完全に見放されていくにつれて、希望は一種の信仰心に代わっていきました。眼の前に、望むだけ近く、望むだけ鮮明に、曽祖父の生きている姿を何度も出現させたおかげで、私の中で何か直観的なものが大きくなり、彼との交信が永久に不可能だとは認めたくなくなりました。彼はいる、この磨りガラスの円盤上の私の手の届くところに。彼が示す一挙手一投足を克明に描き、その態度から彼の考えていることは逐一わかる。生きている彼を見て、思うままに何度でも生き返らせる。彼の像と私の生をこのように同時に存在させる手立ては得たのだから、彼のところまで行って短いメッセージを一つ伝えるだけのもう一つの架け橋は見つからないだろうか？　彼の姿を捜し出して取り込むことはできた。それは天空の無限の中に迷い込んで、永遠に虚しく旅をし続けていたかもしれない。それを百二十年の過去から私のところまで引き寄せて、現前させたのです。現前、そう、曽祖父が今ここにいる、ここにいるのに私と切り離されたままでいなければならないのか？　私には彼が見えるのに、彼は私を見ることができないのか？　私の弱い眼でも、百二十年という この隔たりを越えさせることができた。それなのに、彼の目にまで届くようなただ一つの合図を、この距離を越えて送ることができないのだろうか」

彼は笑い出した。

「子供みたいだ、よくわかっています。これは信仰であって、解放への希望という漠然とした力だと、私から言ったんですよね……過去の像の実験をこうやって繰り返しているんです。夢中になって何度もやり直してしまう。何かの偶然が起こって、時間の鎧の傷、つまりこの難攻不落の壁にできた亀裂のありかを教えに来てくれるのでは、という頑なな信念を持ってね。しかし常識の方も揺るがず、過去は過去のまま、見えても頑として変わらない。ワーテルローの戦いをあらゆる角度から再現させて、全く展開の変わることのないその光景を何度も捉え直している間も、不正は存続している。私の小冊子も、父の小冊子、祖父の小冊子も主張し続けた。ダグラス・ハーヴィーはワーテルローの敗北に何ら関係していないと……私はそれにけりを付けるべきだった。自分で期日を設けた。三人のハーヴィーが恩人たちに代々犯してきた、過失とはいえ間違いを償えなければ、ウェリントン家からのあの恩給をもう受け取らないことにする。もし、次の六月十八日に過去との交信に向けてせめて一歩でも踏み出せなければ、もし、ギャロップでモン＝サン＝ジャンへと引きかえすハーヴィー大尉を止めて彼の勘違いを知らせ、世界の運命を変えてしまった彼のわずかな間違いをいつか修正できると考えられる理由を手にできなければ、その時は、実験結果とハーヴィー家による論説の撤回を同時に公刊するつもりです。だからあと二か月です。手にするか、それとも、アクシダンの言い方だと《機械の調子が狂う……》まで」

XII

「方法としては悪くない」とアクシダンは言っていた。「機械の調子が狂うように動かしていく。ワーテルローを何度も辛抱強く見て、やがていつかワーテルローが勝手に変わるようにすること……機械自体に、過去に作用させてみる、それは愚にもつかないことだ。別の諸原因によって諸原因と闘うこと、それは裏切りだ。しかしそこから出てくる結果の連鎖に、予定された展開を何十回もしつこく繰り返させて、ついには原因のうちの一つが湿ったロケット弾みたいに不発に終わって、建造物全体が崩れ落ちることになる、それも一つのやり方だろう」

「それじゃあ君は、ワーテルローがフランス軍の勝利ではなくなってもいいのか?」と私は反論した。

「僕が? まさか。ほんとうはどうでもいい。ワーテルロー、フォントノワ、ヴェルダン、もちろんこういった名はやっぱりセダンやマルプラケよりはちょっとは耳に心地いいけどね。もしワーテルローがナポレオンの敗北となれば、たぶん、かなりつらいだろうけど……

それに、君には言ってなかったかな？　僕にもワーテルロー戦に行った曽祖父がいたんだよ。あぁ！　高位の騎兵将校ではなかったが。歩兵として、死の丘の反対側で軍務に就いていた。古参親衛隊の伍長だった。まあそんなに悪くはないね。だから僕はどちらかというと皇帝派だろう、僕らの友のハーヴィーのように一族を崇拝していればね。でも僕は違う。古参親衛隊を閲兵させてくれとはいちどもハーヴィーに頼まなかった。口髭と耳のところで丸くなった髭以外は僕に似てるような伍長が見つかったかもしれない。

そう、ワーテルローが勝利者を変えたってかまわない。でもどうしても機械には狂ってほしい。戦いに勝っても負けてもそれが何だ？　どうってことない。だけど「詩」の天下はやってきてほしい！　「諸原因」とはおさらばだ！」

というわけで我々はまた戦いを見た。月曜日と、その週のうちにあと二回、アクシダンと一緒に赤レンガの寂れた家に戻った。リザの狂気のせいで、恐る恐る入った。我々の声が聞こえないようにし、できるだけ音をたてないで階段に滑り込んだ。リザが一階の台所にいるのか、それとも七階の実験室の横の自室にいるのか、いつもわからなかった。階段を上っている間、突然わけのわからない嘆きが下の通路か上の階の踊り場から聞こえてきて我々を問い詰めるのではと、びくびくしていた。

「反原因」への入門者という資格で、私は他の二人と同じく、建物の鍵と実験室の鍵をもらっていた。ある朝——思い出すのは、九時頃に晴れてくる霧が初めて太陽の散光でバラ色に染め上げられ、穏やかな海上でわずかに白く縁どられていたことだ――若き管理人は階段の下でかがみ込み、頭を膝に乗せ腕を垂らしてぐったりしていた。私は彼女に話しかけ、横に座った。死んだ娘が、アクシダンがぼろきれで作ってやった人形で毎日遊んでいた、あの階段の一段目だ。私はそのむき出しの前腕に触れた。石のような冷たさだった。やっと彼女は身を起こした。汚れた手の甲で、額や美しい眼の上でもつれている髪を払いのけた。その眼は、はじめ一瞬覚醒したかのように、希望を信じ見つけ出そうと必死に探していた。ゆうに二秒間は私をじっと見つめた。現実の暗影が再び戻ってきてそのまなざしの上に襲いかかり、頭を両手に抱えてうなだれた。「私のせいだ。私のせいだ」他にも曖昧だがナミュール訛りのワロン語の単語が聞き取れた。では彼女はフランドル人ではない？　私は同じ方言で話しかけ、気をしっかり持って父親のことを考えるよう勇気づけた。しかし、馴染みの言葉が聞こえた驚きも、再び陥っていた放心状態からは一瞬しか引き戻せなかった。彼女は支離滅裂なことをつぶやいていた。その中に、残酷にも失われた幸せの数々が、不意に聞き取れることがあった。不幸が襲いかかるその日の朝も、あの娘は長い時間浜で砂のケーキを作って遊んでいた、あの娘は裸足の小さな足で波の中を走った、あの娘はほんとに可愛い小さな足で、ほんとに可愛い小さな足で……小さな足、と口にするとき、何かを奪われたように開いた手の平は弱々しく震えていた。それから、この小さな足が熱湯でやけどする残酷な光景が、彼女の内にどうしようもなく湧き上ったのだろう。というのも、傷ついた獣のように唸り声を上げ始め、その凄まじい叫び声はよく響く階段室の一番上まで突き抜けていったからだ。自身の内の最深部から唇まで上ってきたこの嘆きを抑えることができずに。痙攣が断続的に彼女を捉え、そのたびに蒼白い顔に血がどっと流れ込んでいた。あたかも苦痛を外に押し出そうとしているかのように。落ち着くよう宥めながら、私は彼女を支えていた。しかし恐ろしいくらい頑として、彼女は私の頭上を凝視していた。わめき声は繰り返されるたびに益々大きくなった。

ハーヴィーが入ってきた。駆け寄って、私を手伝って彼女を介抱し励ましてくれた。長いことかかって彼女はやっと私たちの言うことを聞き、七階まで一緒に行ってくれる気になった。衰弱し幻覚にとらわれている状態で放っておくわけにはいかなかったからだ。ハーヴィーは彼女をきつく叱りつけた。おそらく、深淵の底に落ちていながらも、この美しい声の静かな力強さと長身のイギリス人の姿の威力が発揮され、彼女を突き動かしたのだろう。真っ白い胸の上で半ばはだけていた部屋着をちょっと元に戻し、立ち上がろうとするのを私は見た。ハーヴィーは彼女を支えて、十二の踊り場ごとの階段を上らせた。私はこの長い螺旋の梯子をゆっくりと二人について上り、考えていた。リザは自分を抱えている男が、取り返しのつかないことに抗って宣戦布告をしたことをいつか知るだろうか。その取り返しのつかないことがまさに目の前でもひそかに起こりつつあることを私は知らなかった。

「お父様はいつ帰られる予定ですか？」とハーヴィーは尋ねた。

夜にしか戻らないだろうと彼女は呟いた。父親はブランケンベルへの漁場で働いているのだ。

「一人っきりではないですよ」とハーヴィーは言った。「私たちは七階に行きますから。一緒に部屋に入ってください。」

彼女はおそるおそる仕事部屋に入った。すでにアクシダンが待っていた。彼女はハーヴィーの言うとおりにし、もう唸り声は出していなかった。彼女が我々と一緒にいてくれるとわかって、私は嬉しかった。あの叫び声ががらんとした大きな階段でいつ何時爆発するかと、もう恐れなくていいのだ。彼女は機械的に棚にあったフラネルの四角い布を手に取っていた。惰性で機器の金属を拭いた。

「このまま私たちと一緒にいませんか、リザ?」とハーヴィーは尋ねた。「まったく遠慮はいりません。そこの隅に座って、見ててください。たぶん面白いですよ。」

その日から、この若い女性も我々の集まりに受け入れられた。我々が来たと分かると、そっとドアを押した。薄暗い隅に行って腰掛に座り、黙って映像を待っていた。この奇跡の時間は、何となく暗黙でリザを仲間に入れてから、私には、打ち解けていっそう充実し落ち着いた時間になっていた。厳格でもあり自由気ままでもあるこの内装にも、すでに愛着が湧いていた。数字で覆われた部屋、大きな計算尺に囲まれた不揃いの三つのベッド。沈黙した水盤には遠くから映像がやってきて溢れかえることになる。我々は横になって旅に出る。屋根が開き、ハーヴィーが山羊皮を引き寄せて体の上に掛け、私はタータンチェックの毛布を掛ける。さあ、出発! 小さな青い焔が金属管の先端に噴出して飛び散り、奇跡への合図を送るのだった。

ハーヴィーはいまだに、プロシア軍の逆向き行進の時刻や状況を確かめて、ウェリントンが下した退去命令と、イギリス軍戦線が後退するのを見てパプロットへの進軍を中断させるというツィーテンによる二番目の命令取り消しとの間の、時間差を監視することにこだわっていた。しかし主要な確認はもう終わっていて、我々の視線を戦場全体に自由に彷徨わさせているのだと思われた。というのも、彼は自分の才能にはそれ以上何も期待していなかったし、地道な実験の繰り返しに漠然とした信仰のようなものを抱くだけになっていたので、見ること、そして待つことしかなかった。漠然とした、無茶な信念だ。ワーテルローの光景に我々の視線が繰り返し注がれる行為が、あのようにお膳立てされた出来事に、いつか奇跡の花を開かせるなどという信念は……。成、り、行、き、を、見、守、る（Wait and see）。外交政治欄のどこにでも散見されるこの陳腐な決まり文句が、こんな形而上学的実践を見出したことに私は感心していた。イギリス人発明家はこの過去という城塞に襲撃をかけるのは諦めてしまった。いま彼は城塞の周囲に周到な最新の包囲陣を張り巡らせている。城塞がひとりでに裏切り行為を行うのを待っている。そして、奪取すべき街の周りを偵察するかのように、彼は何度も何度も、様々な角度で迷いながら、この日の数時間を私たちの眼前に映し出す。その数時間はこんなに近く、いわばあの磨りガラスの厚さ分だけ我々から隔てられて、そこにあった。それでいて手は届かないのだ。

この待機には、時折私の中にまた現れていた商売人・ナミュール人ギュスターヴ・ディウデュならば、こんなにいい加減な事前調査での出資者として不安になっているだろう。しかしどこかで読んだことがあった。あらゆる科学研究には、発明家がいわば受け身になり傍観者の役に徹し、じっと待って自分の発見の全範囲を眺める局面があるということ。そして解決が自ずから姿を現してくれること。私はまさにハーヴィーに、この無為への信頼を認めることができた。

というわけで、方針もなく、いま我々の視線は戦いの混乱の上をさまよっていた。アクシダンとハーヴィーは諸局面を見定めようとしていた。いたる所で絶えまなく、雲や煙の切れ目からの、騎兵隊の突撃や散開隊形での前進といった同じ光景ばかりだった。胸甲騎兵、赤い服の槍騎兵、巨大な毛皮製高帽でそれと分かる擲弾騎兵たちが、竜巻のように、一度ならずイギリス軍の方陣の上を抜けて行った。彼らの下ですべてが消え去っていった。勝利は、この雪崩によって容赦なく奪い取られるしかないようだった。次に、彼らの巨大な波が緋色の歩兵隊の活発に動く密集戦闘隊形を覆ってしまったあと、猛攻撃の後ろで歩兵隊が体制を整え直すのが見えた。フランス軍騎兵中隊は煙の中に紛れ込んでしまい、どうなったか説明がつかなかった。時々、円形のディスプレイの表面全体が雲に覆われた。その白と金色のうねりが飛行機から見るように太陽の下で輝き、一様な人間たちの混沌をゆっくりと覆っていった。そのときハーヴィーは発せられた光線を別の角度から捉えようと、雲が塞いでいない空の一点に向けて操作をしていた。すると、戦闘の新たな場所が現れてきた。前日の嵐と騎兵中隊のギャロップのせいで麦が倒された別の畑、別の牧草地、別の果樹園、馬や人の死骸が積み重なる窪んだ別の道などだ。相変わらず、小さな谷からモン＝サン＝ジャン台地の方へ上って行くフランス軍の波が、駆け引きも戦略もなく、雄羊のような止むことのない動きで戦っていた。

確かにドラマが演じられたのは、突撃や一斉射撃の混じり合うこの枠の中ではない。みなそれははっきり感じていた。三人の中でハーヴィーひとりだけではなかった。映像の軌道をイギリス軍前線の後方に、つまりウェリントンの参謀本部に頻繁に戻せばいいと思っていたのは。どんなに頑張っても、報告中のダクラス大尉の姿を捉えることが彼にはできなかった。雨雲と煙雲が一緒になって、その瞬間、公と士官たちからなる明らかにそれと分かる集まりを、我々に見えなくしていた。しかし少し経てばこの赤と金色の小集団をまた見つけることができた。この時煙が消散し始めたのだ。砲兵隊が双方ともほぼ完全に発砲をやめ、イギリス軍は撤退するが、フランス軍は勝利の追撃に即座には移れなかったためだ。そこで我々には、この三十人ほどの立派な軍服の騎士たちが速歩でブリュッセル街道沿いに馬を進め、狭い舗道を移動する砲兵中隊を追い越し、畑に拡がる歩兵隊たちに道を開けさせて進むのが見えた。この壮麗な士官たちは、無秩序でわれがちに退却し一本きりの道に殺到して道をふさいでいる大砲や輸送車両の大混乱には、無関心のようだった。公は、帽子の白い羽を今しがたのにわか雨で濡らされながらも、きびきびと護衛隊の先頭に立っていた。フランス軍騎兵中隊に捕まりそうになる重大な瞬間が一度あったが、それももう脱していた。馬に支えられたその姿は、彼が軍隊の最高責任者としての威厳を保とうとしていることを示していた。たぶんハーヴィーはウェリントンのこの退却から目を離したくなかっただろう。プチ＝テピネットまでついて行って、そこでの夜九時の小競合いを見て、大尉が公を救出するのを目撃したかったことだろう。しかしソワーニュの森に入ると、幕僚たちは縦列と重なって雑踏の中に紛れてしまい、生い茂ったブナの大木の下にその歩みを追いかけるのは不可能だった。プチ＝テピネットで九時になるまで総司令官がここを通るのを待つ、というのもハーヴィーは試したがだめだった。その時刻は厚い雲がブリュッセル周辺地域を覆っていた。しかも夕闇が敗走中の軍全体に迫ってきていた。ついにハーヴィーは彼の前に置かれたダッシュボード上のレバーに触れ、青い火花の放電がまた金属管の先端に現れ、屋根がゆっくりと閉じていき、その間我々は疲れからため息をついていた。

それから現代生活へとまた降りていくのだった。リザは、映像を全部見せてもらった日には、物思わしげな様子で七階の踊り場で肘をつき、我々がその日の細々とした発見を話題にしつつ狭い階段を下りていくのをじっと見ていた。蒼白いガラスの円盤に描かれるあの奇妙な幻を見ても、彼女はそれについて私たちに尋ねようとしなかった。ただ飽くことなく集中しそれを追っていた。そして鎮静剤を飲むよりも穏やかになり実験室から出て行った。「きっと映画が好きなんだ」とアクシダンは冗談を言っていた。

我々はいつも台所のドアの前を通っていた。少女が熱湯でやけどをした場所だ。オステンドの街中に戻っていく。穏やかな直接的なイメージの只中に。それは百二十年前の過去から来たものではない。

私は毎回激しい頭痛を覚えた。アクシダンがウィスキーをおごってくれるというのを先延ばしにして、ホテルの部屋、大空の避難所へと戻っていた。

思うに、酔っぱらって眠っている間にまず連れてこられた場所なので、この部屋は私にとって完璧な隠遁所だった。ドアのない、まさに世界から切り離された家にいる至福感がそこにはあった。今いる独房に匹敵する唯ひとつの場所、それがあの小さな空洞、煉瓦の外壁の断崖絶壁にある私の部屋だった。機械が故障するか、ハーヴィーが何か発明して、普通の諸原因から私を解放してくれるのを待つ間にも、私はすでにかなりの数の諸原因から自由になっていた。復活祭に先立つまる一週間、私はそこ、高みで、待機し、非現実の中で漂っていた。郵便物も開かず新聞も読まずに。服や下着やお金を送らせて、私の不在は長引くだろうと知らせておいた。私は海を前にしてのうたた寝を好きなだけ繰り返していた。今や、意識のあるまま眠りに落ちるという微妙な楽しみに成功したと感じると、まず、金属管の先端の青い羽根のような小さな火花の夢を見ていた。いちどは、リザが私を訪ねてきた。めったにない素敵な夢の一つだ。彼女の部屋着はこの時も白い胸の上で大きく開いていたが、女の子は死んではいなかった。

この週の最後の実験中に、我々は皇帝を見た。ハーヴィーは、もしツィーテンがフランス軍側面への攻撃を続けていたとしたら、フランス軍のどの予備隊がそれを迎え撃つことができたかを知ろうとしていた。徒歩衛兵部隊を調査するために、小谷全体を磁化の場がさっと走り抜けた。そのときアクシダンが叫び声を挙げた。ハーヴィーは、誰かがいきなり振り向くように映像を後ろに戻した。危うく気づかないところだったが、暴れまわる馬たちの真ん中に、大きな二角帽を被り金肩章をつけたあの十数人の士官たちがいて、数人ずつ集まり話をしていた。二、三人だけが馬に跨って小型双眼鏡で監視していた。少し離れて、ただ一人、ボタンを外し風になびかせた明るい色の薄手のコートの背中に両手を回し、前日と午後の雨で縁が平らになった帽子の下で頭をかしげて、ナポレオンがゆっくりと心配そうに行ったり来たりしていた。道のぬかるみで長靴は重くなっていた。彼はもはや事態に働きかけることはできないようだった。賽は投げてしまった。あとは運を天に任せるだけだ。燕麦畑の中では、緑と金の見事な軍服の兵士が白い牝馬デジレの手綱を引いていた。

その晩、火花の青い焔が円筒の先端からパッと噴き出して奇跡の終了を告げると、ハーヴィーは少し興奮気味に言った。撤回の文章を出版するのに、六月十八日を待つことはないと。「時間」という難攻不落の鎧の中で何が弱点なのか、手掛かりは何も示されていないのだ。それに、実験をこんなに何度も繰り返して続け、プラチナの備蓄が一週間以内に底をつきそうだった……

「大丈夫」と私は言った。「よければ、また同じ額だけ貸しましょう」

そして、部屋へ戻ると、私はオルビュス嬢に小切手を送るようにと手紙を書いた。

XIII

復活祭の日の正午、オランダチューリップと国際色豊かなアルコール類で飾り立てられたテラスはものすごい人出だった。その人込みも我々には不快ではなかった。ハーヴィーとアクシダンはシャンパンで楽観的になっていた。かなり辛口でよく冷えたのが出されていた。私にとっては、思いついて買った『株式便り』がその上機嫌を倍加していた。泡立つグラスの傍らにそれを置いていた。九二五フランの相場がムノトのところに記載されているのを私は知っていた。

「ハーヴィー、乾杯だ」とアクシダンが言っていた。「ひとつ知らせたいことがあります。協力者を見つけましたよ。そう、僕たちがここでテーブルについている間も、修辞学の僕の生徒たち十七人が、機械を狂わせようと頑張っている（あるいはこれからやってくれるだろう）。休暇中の作文のテーマを与えたんですよ。だれか一人がそれを勝手に変えて、古い論理の歯車のどれかをうまく抜かしてしまうかもしれない……知りたいですか、そのテーマを？　よし！　ソフォクレスのこんな言葉

です。《もはや起こらなかったことにはできないことの知らせ——何ものも、成されたことをないことにはできないのだ》

どうです？　あのギリシャ人たちがすべて考えていたなんて信じられます？　彼らはこんなことまで見つけていた。起こったことはもはや起こらなかったことにはなり得ない。そいつは彼らを悩ませていた。それ以来これまで、もう普通は誰もそのことに悩んでこなかった、少なくともたいていの人がもうそれを言っても仕方ないと思ったんですよ。確かに一つや二つの例外はあったでしょう。マクベス夫人、ね、彼女はこう嘆いている。やってしまったことはもとに戻せない（What's done cannot be undone）。しかしラ・パリス氏［Jacques de la Palisse (1470-1525) フランスの貴族、将校］も我々みんなも、同じこのことを確認するときは、かなりふざけて陽気な調子を取っていた。ともかくできるだけ反抗的にならないようにと。そう、ギリシャ人以来、私たちはきっぱり、過去は過去であると認めてきた。変えられるものは何もなく、そのことで文句を言っても無駄だと……」

彼はいつもの癖で、大声でしゃべっていた。それで人々がちょっと振り向いていた。海に面したこのテラスは、上品な女性や乗馬好きの男たちやルーレット好きの高級娼婦、競馬好きの半貴族たちがよく通う酒場だった。外国人たちも重要な客だった。南米系の人々が、こっそりとさりげない視線を、黒い上着に太陽が容赦なく照りつけているこの大男に向けていた。それからごくゆっくりと顔を背けていった。ホワイトゴールドの髪の可愛い少女が、たぶんまだマナーを身につけきれておらず、彼を見て笑い出した。しかもポルト＝フリップ［ワインのカクテル］のストローの中に吹き出したのだ。

私は内心、自分が本当につまらない人間だと思った。九二五フランの相場とかが間違いなくはっきりとした文字で刷られた『株式だより』が、シャンパンクーラーと並んでテーブルの編み藁上に置いてなかったなら、旧友のことをきっと恥じていただろうと自覚したからだ。ああ、ギュスターヴ・ディウジュ！　このテーブルにレスリー・ハーヴィーという当代きっての偉大な発明家と同席し、その彼とアクシダンとの三人で少しばかり他の人間の上に立たせてくれる秘密を分かち合うこと、それだけでは周囲の立派な身なりの人たちの指弾に対して冷静にはなれないのだろう。しかし『株式便り』が王笏《おうしゃく》のようにそこに置かれ、王たる者たちが持つあの権威を授けてくれていた。彼らは間違った行いはできず、慣習から外れることはないと知っている。慣習とは彼らがしていることをすることなのだから。だから若者は遠慮なくポルトワインの中に吹き出せばよい。海がこれほど青かったことはない。シャンパンが硬い天然水晶グラスの中でこれほど澄んでいたことはない。アクシダンのおしゃべりにこれほど気持ちよく我慢できたことはない。

「しかしソフォクレスはね、君、ソフォクレスは知っていたんだ。人間の隷属の中でも最悪のもの、つまりすべての隷属を含む最悪のものは、《何ものも成されたことをないことにはできない》ことだと。すばらしい響きじゃないか！　ソフォクレスの中にエディプス・コンプレックスを発見するには二十五世紀かかった。しかし誰もまだ、秘儀伝授者のこの言葉を墓から助け出していない。わかっている、この言葉は仕方なく受け入れられている、反抗に駆り立てることもない、成されたことの存在をいつか人間が取り消せるのではという希望は受け入れない。ギリシャ人たちは人間の未来に期待をしていない。勝利を収めるイカロスはいない。ただ、イカロスの失敗を彼らが夢想してくれただけで十分だ。おかげで我々は空を飛ぶことを知った。人間が成されたことによって縛り付けられるあの隷属状態に、彼らが苦しんだだけで十分だ。苦しむ奴隷はいつか解放されるだろう。しかし自分の鎖に気づかない者は、どうやって自由になれるだろう?」

「すばらしい、ああ! すばらしいね」とハーヴィーが言った。彼は辛口ワインを飲んでいた。「僕が牧師になったら、そのセリフは最初の説教で使うよ。」

「我々のロマン主義作家たちは、「時間」についてどんな泣き言を言っているか?《おお「時間」よ、おまえの飛翔を止めてくれ……》彼らは猶予を、楽しみを少し引き延ばすことを懇願した。あるいは、抒情性を凄まじく発揮して、こう嘆く。《彼らを見ても、その家はもう彼らを知らない》そして谷間や庭や木陰や小川に忘れられてしまったことに傷つく。ラマルチーヌには、快楽への本能的な貪欲さがある。(デュ・バリ夫人[ルイ一五世の愛妾。フランス革命で処刑]にも思い当たる。《執行人さん、もう少し待って……》)もっとも、それよりもずっとばかばかしいのはユゴーだ。あの滑稽で傷ついたうぬぼれ屋、自然から忘れてもらえられた驚きの、そう、ユゴーだ! あの傲慢さと自己中心の偏執狂……取り返しのつかないことの固い首かせに関して、つまり《存在しなかったことにはもうできないもの》という軛《くびき》について、彼らは気づきさえしていない。ギリシャ以来、我々が衰退してきたことのいちばんわかりやすい証拠がそれだ。」

「それを十七人の生徒たちに言ったのかい?」と私は聞いた。

「言ったよ。ほかのこともたくさんね！　三年前のある朝に、僕のクラス――ラテン・ギリシャ語の四年生だ――にたまたま来た視察官のことを君のおかげで思い出したよ。その時僕は、生徒たちを実験台にして、luo を活用させて《je délie 私は解放する》と教えていた。生徒たちは規則通りの活用だけでなく、一種の呪文のような形でも練習していた。それは人生の指針を含んでいたはずで、《délier 解放する》が人間の目的となるはずだった……視察官は僕をアナーキストで破壊者だと非難した。青少年を堕落させたかどで、手に入るものなら毒ニンジンを飲ませられかねないところだった。生徒たちに配ったあの作文を朗読させるところに、偶然また視察官が見学に来たら、きっとまたひと悶着あるだろうな。でも大丈夫だよ。彼らは書かないだろう。それでも彼らが書くという可能性も、すべてのことと同じく、二つに一つだ。彼らの一人が機械を狂わすことになる可能性もね。かくあらしめたまえ。飲み物はもうないのかい？」

ボトルは空だった。一時を過ぎていた。周囲のテラスはほとんど人がいなくなっていた。我々は散策者のまばらになった突堤を通って帰途についた。強い日差しのもと、シャンパンのせいでくらくらして。アクシダンは家に戻り、ハーヴィーは質素な長期滞在者向けペンションに戻った。そこで規律正しく暮らしていたが特別な時は例外だった。私の方は、昼食をとる人々で満員の食堂を選んで入った。食事をするのは全く人がいないか満員か、どちらかの場所だけを好んだ。孤独と雑踏は同じ匿名性を与えてくれるからだ。私は毎日レストランを変えることにこだわっていた。どこかに自分用のテーブルを持ったり、さらに自分用のナプキンリングやきちんと栓をし直すボルドーなどをキープするのがいやだったのだ。それは没個性化という私の療養の一部だった。

かなり間隔の狭いテーブルに並んで座っている大勢のブルジョワ家族たちの只中で、私はおとなしく、小エビのブッシェ、舌平目のムニエル、仔羊の腿肉、プラリーヌチョコを食べ終わると、ホテルへ戻った。この古風な復活祭の食事で、少々腹が重くなっていた。海に面した赤い肘掛椅子で、いつもよりぐっすり眠るつもりだった。ところがエントランスホールに入るや、人影が立ち上がってやってきて、眠りたいという願いをあっという間に奪い去った。オルビュス嬢が私の前にいた。

彼女は前日に私の新たな送金要求を受け取っていた。その悲壮感漂う姿で、すぐにわかった。私の長々と続く不在が会社でどれだけの憶測を呼んでいたか。三万フランというこの二回目の要求に至っては、会計的にも道義的にも我慢の限界を越えさせ、私の代理人女性にこうしてオステンドまでやって来る決心をさせたのだった。この休日にやって来るということは、すでに私への当てつけだった。自分は会社のため、義務感のために日曜まで進んで犠牲にしていると、もっと私に感じさせようとしたのだ。それに引きかえ私は……しょっぱなから士気を失い、なんだかぐったりして、読書室に彼女を通した。だって、防戦するにはどうすればいいんだ？　過去に遡る投影やら、一八一五年六月十八日の出来事を偶発的に改変するとか、因果性に戦いを挑んでいるとかを引き合いに出すのか？　ただ、幸い『株式便り』のあの号はとっておいた。今はもうそれを王笏でなく、まさに魔法の杖として手にし、その呪文でオルビュス嬢の警告や非難を鎮めてやろう。

彼女は、予想どおりの険しい態度で、アラビア風カバーの見るからにひどい長椅子の端に腰を下ろした。ホテルのこの談話室に入るのは初めてだった。その醜悪さが、オルビュス嬢を迎えるには感心するほどうってつけのフレームになっていた。彼女が口火を切るだろうと思っていたが、怒りを表す微かなため息をついただけだった。で、結局、私が説明をする番だった。

「あのー」咳払いをしてから言った。「突然出かけてしまい、またここで妙な滞在をして、あなたに心配をかけているのは重々わかっています……」

「社長」話しながら確認し、よく覚えている一節を暗唱するときの声で、彼女は答えた。「社長、ご不在についてとやかく言うのは許されないかもしれません（二十年来彼女を知っているが、いつもこう言う、許される《ペルミーズ》、と。しかも一日に何回も）。もちろん、あなたが責任者ですから。（彼女は黒手袋をはめた両手を体の前で合わせたりいきなり左右に広げたりしていた。まるで私を水泳の先生と思っているかのように）。お会いしに来たのは、手紙を昨日の朝受け取りまして、私どもの財政状態をお知らせしておかねばと思ったからです。おそらく何も心配することはありません。ただ言っておかねばならないのは、売値の平均がまた下がったことが一つ。もう一つは、もしこの……三万フランの支払いを……週ごとにしてもらえるなら、遅くても六月末の支払期日までには確実にほぼ全額を用意できるでしょう」

この有能な人物はひと息に話し続けた。私のせいで彼女に与えた不安を心から申し訳ないと思った。

「大丈夫、全面的に安心していいです。まず言わせて下さい。こんなふうにふらりとオステンドにやってきて滞在を延ばすことにしたのには、もちろん重大な理由がありました。あなたにこうやって余計な仕事や責任を負わせたのは重々承知してますから……」

「それはいいんですよ、それはいいんです」彼女はすかさず少し苛ついて言った。「もちろん、重大なわけがあってここに引き留まっておられるのだとは思います。営業代理人たちにもそう言いました。でも彼らや私の報告はご覧になりましたね。どうしても私一人では決裁できない案件がたくさんあるんです。お会いしに来た理由の大半はそのことなんです。私が出した手紙に返事がなかったものですから」

彼女はバッグから眼鏡を取り出して険しい顔つきで掛け、長い赤鉛筆と一枚の紙も取り出した。そこには案件がすでにメモされていて、その答えを書くための空欄も作ってあった。見ると案件はいくつもあった。

「マカリーはU型鋼についてピエドゥヴォー工場に何と答えるべきでしょうか?」

「マカリーはええと……」

本当を言うと、会社からの郵便物は開かないまま私の部屋の整理だんすの上に積み上げられていた。それはオルビュス嬢と、会社代表のうちでいちばん忠実でいちばん厄介な古株のマカリーが今でも生活している、かつての領域の外にある……U型鋼に関するピエドゥヴォー工場との揉め事については何の考えもなかった。

「マカリーがどう答えるべきかって? そうだね、まだ決めていない。よく考えてから今夜のうちにも手紙を書くことにしましょう」

「ビュルナンティージュの金属容器製造業者たちの提案については？」

「そのことも一緒に手紙に書きます」

「返事は昨日のうちにしなければならなかったのですよ。それから去年の減価償却にかかる税金は？　その通りに払わねばなりませんか？　不服申し立ては次の木曜日に期限切れです」

声と権力に威厳を持たせるために、私はもう一度咳をした。

「今、私はとても忙しいのだ……ここで進めている交渉でね。知らせたでしょう。減価償却にかかる税金やピエドゥヴォー工場との関係よりはるかに重要な交渉です」

「うちのいちばんのお得意様ですよ」と彼女が口を挟んだ。

「いちばんのお得意様で、大事にすべきなのはよくわかってますよ。よろしい、その件には返事をしましょう。ファイルを置いといてもらえますか。項目全部を検討して、あなたに指示を送るようにします。（経営者的な態度が私の口調に戻ってきた。）今日は、何とかあなたにうまく説明ができればいいのですが。なぜ私が事業に無関心のようなのか、あなたには尋ねる権利がありますから。ただ、私がここに留まる目的は、今ははっきりとは言えません。最大の機密に係わっているのです。とても重要なことに、というだけにさせてください……」

「許、さ、れないかもしれませんが、疑ってはおりません……それでは未決定の報告については指示をお待ちしています。」

少し間があった。

「オステンドへの三万フランの小切手をここに持ってきました……お渡しすべきでしょうか?」

「もちろんですよ、渡してください」

薄紫色の小さな長方形の紙が、彼女のバッグから私のチョッキのポケットへと移った。おそらくこのひどい部屋の中で年配の男たちとお茶を飲んでいたご婦人の何人かはこの移動に気づいて、私の品位に疑いを抱いたことだろう。

「それから六月末の期日については心配しないように。あなたがここに送ってきた期限付き買付けの明細書は見ましたか?」

「よくご存じでしょうが、有価証券には関わっておりません。他の手紙と一緒に証券仲買人の手紙も開封しましたが、読まずにオステンドに転送しました。私としては証券取引には興味ありません。」

「私が取引した証券の決算をするために、関心を持つ必要があるんです。ムノトの一五〇〇株を四二〇フランの平均相場の時に買ったのです。それが金曜日には九二五フランの相場がつきました」

彼女は理解していいものか疑いながら私を見ていた。

「おっしゃりたいのは……」

「つまり七五〇〇〇〇フランの儲けになるということです。」

私は朝から持ち歩いて少し皺になったあの『株式便り』を広げて見せた。そしてムノトの株価を探して彼女に見せた。それは無事に高額のまま、相変わらずそこにあった。その豪勢な数字が別の数字に置き換わってしまうといった、機械の不具合は何も起こっていなかった。私は微笑みながら考えた。アクシダンの生徒たちはこの休暇中、それを台無しにするフランス語作文に取り組んでいたにしても、既成事実の堅固さをまだ揺り動かせてはいないだろうと。

だが頭を起こすと、もう笑いは消えた。オルビュス嬢がこらえきれずに突然涙を流したのだ。まだ声を出さずに泣いていたが、しゃくりあげて本格的に泣き出すのを私は心配していた。一層怖かったのは、部屋にいるのは私たちだけではなかったこと、それにムノトがもたらした私の優位さえ、愚行を帳消しにしてはくれなかったことだ。

「まあまあ、まあまあ、落ち着いて……そんなに心配していたんですか？　確実に支払えるよう私が気にかけないとでも思ってたんですか？」

むせび泣きは収まらず、これ見よがしに鼻をかむので、また同じ結果になった。背中には一家の母親たちのいくつもの鋭い視線を感じた。南米人や淑女たちが、カフェのテラスでシャンパンを飲んでいた我々三人組を軽蔑のまなざしで無視したのよりも、もっとゆっくり、もっと露骨に眼を背けた。

「そうじゃないんです、ギュスターヴさん……（彼女がファーストネームで呼ぶのは、私が本当にまずい振舞いをした時だけだった。）私には、いえ私たちにも、今回の事態はどれも全く初めてのことです……このように予告もなく証券取引の夜に出発されるなど……その月曜日の報告さえいただかなかったのですよ！　それからここに、ホテルに滞在されたこと……必要だというあのお金いっさい、すみません……それにさっきおっしゃったこと！　あなたは……株の投機をしたんですね！」

「でも」私は心底驚いて言った。「儲けましたよ」

「それでどうなるっていうんですか！」怒りを爆発させて彼女は吐き捨てた。(幸い、すさまじい非難を浴びせることで彼女は泣き止んだ)。「株投機をするなんて！　六月の支払日のために、そのお金を私に手渡すのですね……要するにご自分で儲けたのではないお金を！　ギュスターヴさん、お父上ならこうおっしゃったでしょう。ヴァイオリンから来たものは太鼓と共に行ってしまう［賭け事での儲けは来たときより速く行ってしまう］。財産を蓄えるのはそんなことをしてではありません……」

私に何ができたか？　経営者の権威を振りかざすか、黙れと厳しく命令するか、彼女以上に私にとって面倒なことになるだろうが暇を出そうか？　このひと悶着にけりをつけることしか私は考えていなかった。私に可能な限りの冷酷な力に訴え、落ち着くようにと執拗に迫った。私は重要な交渉を進めているのだと繰り返した(それはとっさに思いついたことだ、全く嘘くさいのは気にしなかった)。そして私の株買いは、結局はその大物取引と大いに関係するのだと言った。こうやって彼女の興味を呼び起こし、かなり長々と話を膨らませ、その必要性を語り続けた。オステンド滞在の目的は絶対に秘密にしつつ。またいつのまにか私に備わっていた無謀さも……そして弁舌をふるっている最中に出し抜けに、彼女の帰る列車は何時かと尋ねた。ごく冷淡に、ホールの出口で彼女と別れた。それを読書室のご婦人たちに見られた。

部屋に戻り、私は不機嫌なまま赤い肘掛椅子に身を投げた。私の部屋！　それはもはや、私が奇跡的に導かれ壁を通り抜けるようにして入り口も知らずに辿り着いた、あの不可侵の砦ではなくなっていた。一人の闖入《ちんにゅう》のせいで、港のない島の魅力は失われてしまった……その時まで開けないように気をつけていたあの手紙の束を、どうしても手に取らねばならなかった。マカリーの手紙が真っ先に目についた。彼の報告のいずれにも、続く悲しみ、暗黙の非難、礼儀から声高には言えない無念さがにじみ出ていた。自分勝手な主人に仕える喜劇の召使いたちの、侮辱されっぱなしの顔を思い起こさせた。社長の休暇は、ディウジュ社では創立以来変わらない規則で定められていた。復活祭の土曜日から五日間、聖霊降臨祭の三日間、八月か九月に二週間。ただ毎回こういった休暇は、出張で来る営業代理人たちとの会議や、現行の諸契約の執行のための措置を終え、マカリーが会社を代表して財布を握り代理ですることになる諸手続きのために、手順を決めたあとのことだった。それが今、私は警告なしで留守にし、失踪してしまったのだ。マカリーはそれを顧客には知らせないようにし、工場監督たちにも用心して隠していた……整然と容赦なく、彼の報告書類は、私の不在で困っている事項を並べ立てていた。オルビュス嬢に約束していた返事を書き始めた。ビジネス用品ケースには紙と封筒が入っていた。私は模造寄木細工の小卓に向かった。ピエドゥヴォーの工場の件を片付け、税務署の収入吏からのに取りかかろうとした。その時、私の部屋に入り込む招かれざる闖入者の不快な印象が、より鮮明に、より抗えないものになった。私は不機嫌になってペン軸を放り投げた。

この闖入は仕事のそれではなかった。私はつまるところ、そんなに怠け者ではなかった。オルビュス嬢とマカリーの闖入でもなく、彼らの存在を思い出したせいでもなかった。それが高所にある私の隠れ家の雰囲気をこんなふうに掻き乱すことはできるにしても。彼らの住んでいる世界からはあまりにもうまくこの身を引き離すことができた。彼らが激しく急き立てても必要な返信を送ってしまいさえすれば、すぐにも平穏を取り戻せるだろう。しかし今、部屋まで私についてきたのが何かがわかりかけていた。眼に見えない陰険な敵のようにそこに居座ってしまった。それはオルビュス嬢が発した言葉、価値という言葉だった。

つまりオルビュス嬢は、そして彼女が体現する教義と伝統のすべてが、ムノト株から私の懐に来る金を拒絶したのだ、それは価値あるものではないから、と言って。私を魅了し、ゆっくりと破産に向かう諦めから解放してくれたこの奇跡と無償という特性を、彼女は努力という規範や、人間の苦労を必要とする徳高き信仰心の名において、断罪していた。私が見せていた会社の長としての無能さに、彼女はそれまでいちども厳しくあたったことはなかった。私はほんの少しずつ遺産を食いつぶしていた。ただすっかり退屈し、どうしようもなく馬鹿馬鹿しい雑務をこなしつつだが。まったくそのとおりだった。しかし、仕事にうんざりしていたある日のこと、私が不正な恩寵を受けたとすれば、またそれまでは私の単調な仕事への見返りを拒んでいたお金が、恋人の気まぐれか神々の寵愛なのか、急に私の上になだれ落ちてきたとすれば、それは躓《つまず》きの石で、温情に満ちた教えであり、諸民族の英知による金言のことごとくに開かれた水門であった……この逆さになったジャンセニスム［厳格主義］に私は苛立っていた。この時はアクシダンの心地よい奇行や、原因の原理に立ち向かう十字軍が、どんなに好ましかったか！　原因はもはやない、価値はもはやない……原因もなく価値もない私のお金という眼に見える印に、もういちどうっとりと目をやった。株の相場表に。そこには九二五フランという印が変わらず平然とムノトのために明記されていた。

しかし、オルビュス嬢の介入のせいだったのだろうか。実際的な気がかりが、ここ一週間で初めて、手に入れたこの完全な隔離状態にまでやってきて私を捉えた。証券仲買人の手紙もあったのに、私はその時まで株取引を決算する気は全くなかった。この数字がひとりでに増えて花開くまま放置していた。その開花が日を追うごとに私を自由にしてくれた。その日、私は初めてその繁茂に少し不安を覚えていた。もっと早くビノの忠告に従うべきだったか。九二五というあり得ない数字に達したあと、売却前に相場が暴落しないかと心配になった。明日の朝すぐビノに電話しよう、いや明日はだめだ、復活祭の月曜で祝日だから、火曜日にしよう。とりあえず、沈んだ気持ちで事務所宛ての手紙に封をしてから、部屋を出た。ここにいると気を揉むだろうと思ったので。

不安、ここに来てからそれは感じたことがなかった。私が生きたこの心地よい空虚は、不安ではなく、自由と呼べた。今や復活祭の凄まじい人込みに埋まった突堤で、どこに避難場所を見つけたらいいのだろう。カフェは恐るべき人類で溢れかえっていた。上げ潮が細い帯状の砂の上で、観光列車や定員オーバーのフォードから吐き出されて犇めく人々の群れを、青い石壁の方へと押しやっていた。防波堤のいちばん端まで、同じつまらぬ種類、同じ醜い人種の男たちや女たちがいた。大勢が靴を脱ぎ、ズボンの裾をまくり上げたりスカートを膝の間に挟んだりしていた。腕の先にはハーフブーツを持っていた。海を背景に浮き上がった異様なシルエットだ。街の向こう側にも、同じ連中でごった返し、油紙の散乱する突堤がいくつもあるのだろう。なぜこの密集した人々の群れが、今はこんなに嫌でたまらないのか？　昼食の時はまだその群れの中に身を置き、穏やかに口を動かす人たちの中に紛れ込み、安らかな匿名性に埋もれているのを、心地よく感じていたのに。私はこの問いへの答えを探そうと苛立っていた。苛立ちがもっと募ったのは、オルビュス嬢と、彼女の言う価値についての不愉快な考えが、改めてすべてを台無しにしたのだと気づいた時だ。

価値、報酬、徳をつんだ代価で買ったヴァカンスという満足、そのすべてを、この善良な人々の群れは、復活祭のこの日曜日に海辺になだれ込んで、その無数の晴れやかな顔に滲み出させていた。なぜオルビュス嬢がさっきあのような目で私のことを公然の敵のように見ていたのかが理解できた……私は一般の規範を外れてたまたまお金を手に入れ、苦労するという当然のきまりに忠実なこの人間たちとは自分は違うのだ、と断言したのだから。黒糸の手袋をはめた私の会計係は何と言うだろうか、もし彼女がこのことを知ったら。つまり私が、恥ずかしながら株でたまたま転がり込んだものを受け入れただけでなく、諸原因を消すことで応報全体を消そうと企てる二人の革命家の共謀者になったことを。

もっと静かな場所はどこにもなくあきらめて、私は浜に降りて行った。そこは比較的混んでない、共同浴場の向かいだった。砂の上に座るというより倒れ込んだ。私が加わったとてつもない企ては、全く別の様相を呈していた。破壊的で、違法で、犯罪だ。ほんの数歩先で田舎者らしい善良そうなカップルが歩を止めて並んで休憩し、じっと海の方を見ていた。足をきちんと平行に並べて伸ばし、上半身はまっすぐ起こしていた。男は時計の金鎖をチョッキにつけていた。オステンドへの小旅行もそうだが、彼が稼いで手に入れたものだ。それは彼の徳行の揺るぎない結果だ。私はすぐそばにいるのが気詰まりになった。彼らの知らぬ間にその安全を私が脅かしている気がした。彼らは傍らに謀反人がいるなど思いもしない。オステンドの屋根裏で機械を狂わせ、起こった様々な事実や手にした時計の鎖の不変性を危うくするために頑張っているとは。

なぜこのすし詰めの散策者たちを嫌うのかがわかると、不愉快な気分は変わっていった。後悔のようなものになった。もちろん自由の選択を放棄したのではない。黄金時代への我々の夢も捨ててはいなかった。そこでは過失がもはや修復不可能ではなく、すでに起きたものも、存在したことをやめられるのだ。ただ私は、隷属状態に満足したこの人たちに囲まれて、こっそり変装した陰険な敵であることを少し恥じていた……解放者だ、おそらくは。しかし時計の鎖と引換えに自由を手にしたところで、彼らにとってそれが何だというんだ？

原因から結果を解き放つことで、私は必然的にあらゆる財産の保有を不確実なものにするのだ。この時計の鎖が隣の男の腹の上に確固としてあるのは、過去の相当数の出来事の持続性のおかげだ。仕事に励み、倹約し、適切に投資したこと。ハーヴィーが変な実験室で、一八一五年六月十八日の出来事を変えるのに成功したとしよう。そうなると金鎖の時計の男は、別の運命に導かれ、かつて疑似ロカイユ装飾の小庭のある家の代わりにロシア資本を買っていて、オステンドの海辺でブルジョワ然として座ってはおらず労働者のあばら家に移っていたかもしれない。

それに、原因と諸結果間の必然的な関係の崩壊は、人々の生活に限られたものではないと考えて、私はめまいに襲われていた。もし原子や世界がそれらの均衡を保っている法則から自由になったら、もし物質がそれを構成する厳格な根拠から解放されたら、もし無秩序になった星々がバラバラになって夢と消えたら、もし……私はすでに自分が原因から解かれた地点にいると感じ、まとまりをすべて失い、自分の存在が無限状態へと向かっているように思われた。少し恐怖を覚えながら私は立ち上がった。突堤にはよろめきながら戻ったと思う。心に浮かんだ自由は死のイメージを持っていた。

XIV

遊歩道の敷石の丈夫な支えを靴底の下に再び感じたとたん、この束の間の恐怖感は消え去った。私はそれを笑い飛ばす気になった。実際、私たちはそこまで行っていない。ハーヴィーは、因果関係というあの見えない糸を断ち切って世界を解体させるところまでは至っていない。糸は見事な集合体の中に世界を維持している。しかし、成功すべきかどうかは関係なく、彼の試みは素晴らしいことで、その仕事のために私はお金を提供するのだ。その仕事のために。さしあたってはワーテルローの戦いを変えてフランス軍を敗北させるという仕事のために。三万フランは支払った。さらに三万フランつぎ込もうというのだ。私が言語的、感情的に属しているあの国の勝利を敗北に変えてしまう手助けのために……幸いにも理性がオルビュス嬢と共にオステンドに降り立ってくれた。私は実験室に向かった。ハーヴィーとアクシダンがそこで会う約束をしているのを知っていた。再び興味のなくなった雑踏の中を歩きながら、私はちょっとした作戦プランを練っていた。

天才発明家に真っ向からぶつかってはいけない。彼は自分の発見にはひたすら無頓着で、その向こうに不可能な問題の解決を追い求めている。しかもその解決は世界の終わりを意味するかもしれないのだ。ただ私はこれなら言えるだろう。ちょっと面倒なことが起って出資は続けられなくなったと。それから彼に提案しよう。過去を見る方法の特許を取得してひと儲けすれば、何の支障もなく実験を続けられるだろうと。たぶんそんなことが彼の目的ではなかった。それどころか、ワーテルローの出来事を何ひとつ変えられないまま彼の発明を暴露すれば、ダグラス大尉の明らかな失策を万人の目に晒し検証可能にしてしまう……彼を説得するのは私にかかっている。曽祖父の個人的な出来事は、過去を見るというこの発見で人類が豊かになることには比べようもないと。イニスキリング竜騎兵隊の大尉がワーテルローでのイギリス敗北の原因だったっていいじゃないか！　その子孫がハーヴィー家の名を世界的な栄誉で包むことになるのだ。解明された歴史の様々な謎、発見された古代の秘儀伝授、世界の黎明期に驚嘆して立ち会っている人々、それらを彼に示してやろうじゃないか。ひょっとすると、オルビュス嬢の実利的才能から思いついたことだが、特許の開拓に彼女も協力するよう仕向けられないだろうか。私には当然その権利がある。事業に投資したのだから。それに彼だってきっと、経験豊かな実業家の手ほどきが必要だろう。彼にはすぐにも証書に署名してもらわねば……

私はそうしなかった。純真なハーヴィーに対してそんな罪は決して犯さなかった。このひどい計画は、金儲け主義丸出しのディウジュには似つかわしく、その種をオルビュス嬢が運んできたのだが、そんな恥ずべき目論見はほんの十分くらいしか私に憑りつかなかった。テルメス［共同浴場］から港地区まで華やかな突堤を歩いただけの時間だ。しかしその十分間は私の卑小さを戒める想い出となっている。鏡のない独房で、私が隠し持つ比類なき秘密のことを考えて少し気持ちが高ぶりすぎるときなど、この秘密を株式会社の形にしたいと思ったあの復活祭の日を思い出す。そして束の間、謙虚さを取り戻すのだ。

何があっても私の冒瀆的な目論見をハーヴィーに話すことはなかったと思う。また、彼の大きな輝く額の形や実験室の冒険に満ちた雰囲気、過去の映像が一気に落ちてくる下で仰向けに寝る壮麗な儀式が、オルビュス嬢の影響を払いのけるには十分だっただろうと思う。さて実際、階段を上りかけると、上の方でアクシダンとハーヴィーの声が聞こえた。七階の踊り場で話しているのだった。その時までほとんど聞こえなかったかすかな声、リザの声が、二、三語で短く時々彼らの声に混じっていた。彼女が話し出すと、今までにない貴重なことだったので、二人の男は黙って耳を傾けていた。三人とも実験室と屋根裏部屋の開いたドアの前にいた。あのリザの部屋、死んだ子供と一緒に寝ていたその粗末な鉄のベッドが見えた。高窓は、ここからは見えない海の上に拡がるこの復活祭の日の青空へと開かれていた。日光で温められた樅《もみ》の床板の匂いがしていた。

リザは手すりに凭《もた》れていた。昔口説かれたころのものであろう明るい色の擦り切れたバスローブはもう着ていなかった。あの不幸以来、彼女の弱さから無気力に陥り、纏っていた気軽なキモノだ。それを着て囚われた獣のように階段を上下に行き来し、その命をすり減らせていたのだ。彼女は喪服で正装していた。たぶん祝日のせいだと私は考えた。その前の日曜日はあのだらりとしたバスローブで一日中過ごしていたのに対して。二十五歳にもいかない金髪で透き通った肌の女性にとって、黒いウールのシンプルなドレスだと難なく引き立った。そのために彼女はより背が高くほっそりと見えた。

二人の友人は慌てて私を迎えてくれた。何となく気まずく、それと同時に私に会って気が紛れほっとした様子も見てとれた。アクシダンが私の腕をとった。

「やあ、リザに僕らの実験の目的を教える必要はもうなくなった。この前の夜、我々のスクリーン上でナポレオンの姿を見つけたんだ。そう！　このお嬢さんは僕らの秘密を押さえてしまった！」

リザはかすかに笑みを浮かべ、青い眼には回復の兆しが見えていた。何よりも彼女がこうして生気を取り戻したのを見て無性に嬉しかった。それから、ハーヴィーとアクシダンの苛立ちと、それを隠してわざと陽気に話していることに驚いた。突然、私も同じことに気づいて、ちょっとくらっとした。我々がどんな危ない軽率な行為の責任を負っているか。しかし、いったい誰が考えただろう？独りぼっちなのが可哀そうで中に入れてやった部屋の隅から、つまり光る円を斜めに歪んでしか見れない場所から、映像を識別しナポレオンを特定して、我々がその時代を呼び出していることを理解するなどと。今はまずいことになった。恐ろしい結果になりそうなのは難なく予想できた。我々が死者たちを甦らせていると彼女は知っている。

「ディウジュさんは予想してましたか？　こういう兵士たちの話が娘さんたちの興味も引くとは」

ハーヴィーはいつもより大きな声で尋ねた。英語訛りも少し戻っていた。「リザは全部知りたがっています。ワーテルローの戦いのこと、皇帝の運命、この屋根裏部屋で見た光景がどこから来たのか……」

彼女は若いイギリス人を探るように見据えていた。かすかな微笑みを浮かべたまま。それから私の方に振り向いた。そして短い言葉をかけた。それは、言葉は聞き取れないが階段を上りながら下から聞こえた同じ抑揚だとわかった。さらに子供が質問を繰り返すときの少ししつこい口調も混じっていた。

「何のためにあの兵士たちを呼び戻すのか教えてくださいます？」

ぞっとしたのは、我々の魔法、蘇生はできない無意味な魔法が、こんなにすぐ、若々しさや服装への気配り、弱々しいながらもその声を取り戻させたことだけではなかった。それよりも、突飛だと承知している我々の野望に、彼女が即座に同意したことだ。我々が一世紀前に死んだ人間たちの姿を現前させているとわかった瞬間から、さらに進んで彼らと交信できるはずだと思ったようだ。それを我々に白状させようとしつこく迫るのだが、すでに心底から確信しているようだった。ハーヴィーが知識の限りを尽くし、抵抗できなかった誘惑。手に触れられそうなほど近くで生きているのだからその人々にメッセージを伝えられるはずだ、という根拠なき明白さ。哀れな娘がその誘惑にどうして屈せずにいられようか？　おそらくその夢に向かって、彼女はずっと先まで進んでいたのではないか？　私は不安のうちに気づいていた。彼女が実のところ自分の質問にどんな希望を込めていたか。私は眼で友人たちの助言を探った。どう答えるべきかと助けを求めた。見出したのは恐怖の入り混じった動揺だけだった。私は当たり障りのない間抜けな答えを選んだ。

「さあ、わかったでしょう、リザ。ハーヴィーさんは昔の戦いをまた見る方法を見つけたんです。百二十年前に起こったことですよ。すごい発明でしょう？」

彼女は微笑んだまま私を見ていた。私が死の取り消しについて断言しなかったことに、何ら失望も見せなかった。一瞬彼女は話そうとした。しかし生きる意欲とともに人間らしい敬意の念が戻っていた。彼女は正装し、髪をきちんと結い上げ、ワロン語ではなくナミュールの引き延ばした抑揚豊かなフランス語で話そうと努めていた。そして、答えたくなさそうだとわかって彼女はしつこく聞くのをやめた。その微笑はさらに、控えるべきことが何かわかっているのを示していた。そこには今や共謀者めいたいたずらっぽい様子も浮かんでいた。我々は彼女と共に、目的を名指せず、その必要もなく、仄めかすだけで意思疎通する陰謀家たちのようだった。

ハーヴィーが、この物問いたげな共犯の眼差しから私を救ってくれた。

「とても単純なことなんだよ、リザ。要するに写真のようなもので、見たのは映画と同じで魔法ではない。映画でも遠くの人々が行き来するのが見えるでしょう、世界の果ての人々とか、それに……もう生きていない人でも。よく頭に入れてください。屋根裏で見た機械は写真機みたいなものです。昔の光景をまた見せることができる、映画で見るようにね。」

彼女はおとなしく聞いていた、静かに不信感を示しつつ。彼の方に目を上げた。

「どんなふうにやるの？」

我々は笑い出した。三人とも高すぎざる声で。階段奥の小部屋がそれをしばらく響かせた。アクシダンが話を買って出た。

「ああ、そうか、リザ。ほんとに好奇心旺盛だね！　向かいの薬屋がウオノメの薬の秘密の作り方を説明しますかね？　ね！　ハーヴィーもあの金属管の中に何があるか、誰にも、僕たちにだって話さないんですよ……そういうことです。聞きすぎですよ！」

彼女は何とか笑って、冗談を言わせておいた。その明るさは、漠然としてはいたが揺るぎない確信を脅かしていなかった。それが彼女の内に読み取れたので、私たちは怖くなっていた。

「また見せてくださいます？」

ハーヴィーが進み出て、彼女の両肩に手を置いた。優しく諭すように話し始めた。

「好きな時に来ていいですよ、リザ。でも一つ言わせてください。私たちはあなたの友人です。三人ともあなたが大好きです……リザ、よく聞いて。今の無気力から頑張って抜け出してほしい。仕事をすべきですよ」

《作業療法 Occupation therapy》と彼は私たち二人に囁いた。そして続けた。

「一階の借家人がこの前私に何を言ったと思います？　そうそう、昨日でした。オステンド中の歩道が復活祭できれいにしてあるのに、うちのところだけ埃だらけのままだと。で、その借家人が言ったんです。《やっぱり彼女はフランドル人じゃないな》ってね。そうなんだ、リザ、ほんとうにここの歩道はほったらかしで、階段も掃除してないし、入口のドアの金属も磨いてない！　もちろん借家人たちはあなたの不幸をよくわかっていて、管理人に文句は言わないでしょう。でも今は元気になってきたでしょう？　あなたがフランドル人でないなんて、金輪際言われないようにしてください！」

背が高く美男子という強みを彼は発揮していた。彼女の中に生きる力を流れ込ませようとしているのが我々にはわかった。彼女は階段を振り返った。その視線は六つの階をつなぐ手すりの螺旋の方へと降りていった。今度は微笑むのをやめていた。ハーヴィーが優しく両手で彼女の両肩をしっかり支え続けていたのだけれど。

「あたしは駄目な人間になったとわかっています。以前はこうじゃなかったのに……でも忘れられないの……」

彼女はさらに何か口ごもって言った。過失とか焼けるような痛みとかの言葉が聞き取れた。それから静かに泣き始めた。彼女の涙を見るのは初めてだった。ハーヴィーの両手に支えられて、少し気弱になっていたのだ。

「リザ、子供のことを忘れろとは言ってないのですよ。それどころか、アクシダンも私もあの子を知っていたし、大好きだったんですよ……あの子の話はぜひしてください。好きなだけ一緒に話しましょう。私たちにもあの子の想い出はあって、話したいこともたくさんあります……ただ、リザ、働くこと、しっかりすることを僕に約束してくれなくては」

敏感な植物だって、恵みの水を得てからこんなすぐに反応しないものだ。きっと彼女はそれまでに言われていたのだ（人目を避けている父親か、近所の女か、医者あたりから）、死んだ子のことはもう話してはいけないと。世間が望むのは、不幸を抱えてこの沈黙の中に自分を閉じ込めることだと感じていたのだ。落ち着いた威厳あるこの立派な青年が自分を解放し、幼い娘の生の想い出を自分の中で紡ぎ続けようとしてできなかったことを、育ててくれる、新しいイメージも提供する、と約束さえしているのだ。彼女は涙でいっぱいに濡れた顔を彼の方に上げた。しかしそこには改めて、嬉しそうに問いかける微笑みがあった。

「しっかりするようにしますわ。でもまた見に来てもいいでしょうか？」

「いつでも好きなだけどうぞ。おとなしくしていて下さるならね、リザ。」

彼女はハーヴィーを見つめていた。肩を支えられたまま、後ろに身を反らせ、懇願と信頼の表情を浮かべていた。それから彼女の声は、さっきよりも大きく澄んで優しく響きわたった。消え去ったさっきの小さな声のこだまが還ってきた。

「何のためにあの兵士たちを甦らせるのか教えてくださいます？」

XV

こうなると、実験に成功せねばならないのだろう。うっかり心ならずも、この母親の苦しむ心に希望の火を灯してしまった。恐ろしいほど回復した彼女の症状は、次に、幻想が誤りだと悟るときに再発し、今度は致命的になると思われた。誤りを悟らせないためには、「反原因」の夢を実現させ、ハーヴィーが長い間一八一五年六月十八日の夜のダグラス大尉にメッセージを受け取らせようとしていたように、ごく近い過去の中でリザに警告を送らねばならないのだろう。私たちは一種の罠に嵌っていた。人殺しを避けたいなら、不可能な賭けにどうしても勝たなければならなかった。勝負の争点は、たった今その印を変えてしまった。これまでは「諸原因」に負けたとしても（人類のことごとくの論証が、我々が負けるはずだと証明していた）ものごとはそのままの状態に留まり、ワーテルローの戦いも、過去や未来のすべての出来事も、何ら変わらなかった。今は、もし負ければリザを殺すことになる。

この新しい状況について我々の間で口にする必要はなかった。ハーヴィーにはよくわかっていた、私たちが彼からの指令、計画、解決策を待っていると。斟酌を成り行きにまかせ、啓示を待ち、自然発生的に奇跡を起こしてくれる外的事実を待つという時間には終止符を打つべきではないか？　ことは急を要し深刻だ。今こそ何か思い切ってやるべきではないか？　やるとすれば、過去に信号を送ることか？　でなければ、リザに何をしてやれるだろうか？

物理学者は三日間籠って数字や考察と格闘した。そしてある朝、私たちは突堤の端でマリアケルケの方を向いて座っていた。北の海であることを忘れさせる、真っ青に近い海を前にしていた。彼は計画を提案した。

リザの件に直接取り組むのは無理だと彼は判断していた。ワーテルローを見せてくれたように、あの悲劇の場面をただ再現するだけになる。しかも計算や測定や焦点合わせに何か月もかかるだろう。彼は越えられない困難にぶつかっていた。事件は七階建ての家の一階で起こっており、壁も天井も透明ではないからだ。そこで彼は、ダグラス・レスリー・ハーヴィー大尉の映像の周りに張り巡らしたあの根気のいる一種の包囲戦を続けてはと考えた。もし機械の調子が狂い、最後の瞬間に何か偶然とか何か啓示があって、姿はもう思うまま蘇生できるこのご先祖様にメッセージを届ける方法がもし出てくれれば、その発見は過去のどんな出来事にも適用できるだろう。リザの件に使うのも、手順の問題だけになるだろう。

「でも」とハーヴィーは無数のなま暖かい砂粒を指の間から流れ落しながら言った。「機械の調子が狂ったり、時間が言いなりになったり、現在が過去に向けて作用できると考える理由がどこにもない」

「全然ないのか」と、草の上に寝そべっていたアクシダンが言った。「でも信じているから試してるんだろ。待って、運に賭けてみないと。二つに一つの運だ。」

「悪い運の方が出てきたら？　次の六月十八日の夜に、一八一五年六月十八日と何の通信もできなかったらどうするか、決めてるのですか？」

話していたのはギュスターヴ・ディウジュだった。驚くことはないだろう。しかもナミュール特有の訛りと商売人の口調で、どこかしら債権者の口調も混ぜて話していた。

「その方が心情的にはありそうだと思うし、理性的には確実だとわかってる。そのときは「反原因」の戦いの場で我々は敗れたと認めよう。私は小冊子を撤回する文章を出版し、ダグラス・ハーヴィー大尉にワーテルロー敗戦の責任があったと世間に対して認めねばならない」

彼の声は少し震えていた。

「リザは？」

「リザは救わねばならない、可能なら。世俗の、人の手での、医学的な方法でね……そのために、財源は十分あると見込んでもいいんですよね、ディウジュさん？　私の過去再現装置《レトロビジョン》の特許はすぐお金になると言われましたよね？　リザをどこにでも連れて行きましょう。気晴しをしてもらいましょう。たぶん結婚だってするでしょう」

こうして復活祭の日曜日、私は腹を決めて諸結果の解放の会をあとにした。次の木曜日に三万フランをハーヴィー宛てに振り込み、実験を続けてもらうことにした。私たちはあの執拗な妖術を再開した。

フランス軍の突撃がラ・エ＝サントの方へ押し寄せるのを再び見た。もう一度、赤いドルマン軍服の若い士官がパプロットの方へギャロップで進み、イギリス戦線の後方を通って牧草地や倒れた麦畑を駆け抜けるのを追いかけた。儀式的な陶酔のためのように、私たちはちぐはぐな寝台に横になり、大尉の挙動にわずかな変化を探し求めた。歴史の歩みを別の脇道に導くようなものを。様々な角度から、様々な場所で、何か偶然目に入ってくるあらゆる可能性に訴えるのは、「時間」という障壁のどの面か、どの裂け目になのか、我々自身ではわからなかった。ハーヴィーは戦いのもっと別の局面を磨りガラスの中に刻み込んでいった。私たちはさらに何度もイギリス軍敗北の一部始終に立ち会った。しかも、この無数の消え行く写真帳を毎日飾ってきた映像のうち偶然、イニスキリング竜騎兵隊大尉のひ孫は、私たちに皇帝の姿を届けてくれた。夜八時少し過ぎ、モン＝サン＝ジャンの坂を速歩で馬を進め、勝利へと向っていたところを。

復活祭後に初めて実験室に戻ってきたとき、リザがドレスと黒いエプロン姿で七階の踊り場まで我々についてきて、階段を掃き歩道を洗ったことをおずおずと告げた。そして聖域に一緒に行かせてくれと懇願したとき、約束は無視して天国からの降霊実験から遠ざけておくべきだったのかもしれない。それが最終的に行きつく所について彼女は意味づけをしすぎていた。だが我々は彼女の前では弱腰だった。過去再現装置のアトリエに彼女が嬉しそうに入ろうとするとき、我々は過ちを犯したと感じた。しかしそれは未知なる直感が命じる、慈悲による過ちや愛による罪の一つであって、私的な惨事を超えて何か隠された目的に導いてくれるものだ。

それでリザはやってきてハーヴィーの前に座るようになった。観察台の上に首を凭せ掛けた。死者たちの生きた姿を恵みの雨のように浴びるために。我らの友は、ある日、彼女がボアズの足元に跪くルツ［旧約聖書「ルツ記」より。ボアズの妻。ボアズはダビデの曽祖父に当たる］たる場に落ち着こうとしたとき、枕と毛布を取りに行き私たちの隣で楽に横になるよう勧めた。彼女は素直に起き上がり浜用の椅子を持って戻ってきて、私の花柄ソファーの横に拡げた。私たちは並んで横になり、長時間の凝視を開始した。それは起こった厳然たる事実を曲げるはずのものかもしれない。ミロ一の胸甲騎兵隊の猛攻撃が我々の頭上で、溶けた鉛できらめく湖のように波打っていた。ミシェル・ネーの赤褐色の飾り毛が一瞬オアン街道の端に見えた。初めて、この墓の彼方の光景から私は目を逸らせた。リザがはるか遠くからやってきた散乱光に厳かに安らいだ顔を向けていた。彼女のかなり月並みな美しさが、この宗教的な期待の表情のもとで変貌していた。まるで、横になって映像の激しい雨に打たれ、光線療法を受けているか、恩寵を切願しているみたいだった。私は思った。もし空間と持続時間のある地点で、人間がたまたま集まって集光装置を使って奇跡を起こし、修正不可能なことに対して作用を及ぼせられれば、我々四人がこのオステンドの屋根裏で組んでいるのはまさしく常識はずれの賢人会たりえると。

リザを救わなければという気がかりから、我々の研究はいっそう熱が入り真剣になった。私については、それで世間からきっぱりと縁を切った。ナミュール人ギュスターヴ・ディウジュはここではごくまれにそっと弱々しく姿を見せるだけだった。現れたとしても、何より、オルビュス嬢と約束したように会社ともういちど関わる気にはなれなかった。やがて彼女から届いた手紙を開けさえもしなくなった。最後に読んだ手紙はマカリーの辞職を告げていた。未開封の封筒が今では模造寄木細工の小机の引き出しの中に一杯になっていた。その中にどんな催告や契約解除のことが書かれているだろうかと、時々笑いながら予測してみたりした。軽いけれど深刻なそれらの重荷を片手に取り、もう片手にはそれに釣り合わせて、ムノト株が九七五フランの相場だとビノが知らせ現金化はもう少し待てと助言している薄い紙切れを持ち、重さを測っていた。待つことは難しくなかった。いつも私のしていたことだから。それに、証券仲買人からのこの手紙を受け取る前から、復活祭の日には翌々日に彼に送ろうと決めていた売却命令を、延期する立派な理由を持っていたのだ。

どうして株や取引に係るなどという冒瀆行為を犯せようか。その一方で時間は刻々と過ぎ、ビノやオルビュス嬢のために割く一瞬ごとが、諸原因廃止の奥義という、信じがたいが必要な発見に行き当たる時間でありえるのだ。春は進んでいたが私たちはその歩みを把握していなかった。砂と塩水と煉瓦のこの無機質な地帯では、眼に入る唯一の花はレストランのテーブル上のチューリップだけ、やがては公園の花壇のアイリスだけだった。突堤ではテニスをする人々とすれ違っていた。ドーヴァー海峡を渡る三回目の船便が港を出ていくのが見えた時、まだ完全に暗くなってはいなかった。

私は書く手を止める。ペンを置く。あんなにも気高く純粋で情熱的だったあの数週間のことを、独房の石灰壁上に眼で追い求める。ホテルの上層階の部屋で過ごした幾夜ものことは忘れない。興奮と仕事のない生活のために、睡眠は少なく浅くなっていた。バルコニーへの扉は開け放したままだった。海が荒れているときはその深い響きを聴いていた。時には貝殻の上に砕け散るかすかな音を聴いていた。それは散歩道の砂利の上を歩く女の足音のようだった。モーターボートが喘ぐような音を規則正しく発して航路を出て行く。その音はやがて沖の方へ消えて行く。私は長い間、星座がゆっくり回るのを眺めていた。眼が覚めると、二時間ほど寝たのだと分かった。大熊座が眼を閉じたときより傾いていたからだ。私は星々を観察するカルデア［古代メソポタミア南部の地域］の牧人の状態へと立ち返っていた。そして、この夏の夜の深い青の中に、ワーテルローのイメージ群が磨りガラスを目指して進んでいる曲線の旅のことを想像していた。

XVI

失敗だったと言っていいだろう、この「反原因」の十字軍は。こんなふうに結託して風変わりな四人組――金持ちのイギリス人物理学者、自由気ままな教師、未婚の母、そして商人からの脱走兵だ――が集合したのだが、人類を因果関係の軛から解放することはできなかった。過去再現の秘密は失われたのだから。私が見た奇跡、百二十年の過去に送られたあの呼びかけ、それが実際に行われた方法を私には話す能力がないのだ。しかし、大変動の起こし方は再び不明になったにしろ、それでも大変動は起こったのだ。戦いは符牒を変え、敗北があり勝利が手にされ、それらが一方の陣地からもう一方へと移った。子供がおもちゃの機関車を線路から持ち上げ別の線路に置くように。機関車はそこでまた走り続ける。そんなふうに一つの手、化学に打ち込んで傷んだハーヴィーの手が、線路から、つまりこの運命からそっと世界を浮揚させた。一八一五年六月十八日のポイントから彼はここに進入し、走行を中断させることなく別の運命あるいは別の軌道にそれを置き換えたのだ。ワーテルロー戦の分岐点で《イギリスの勝利》という符牒が支配する運命へと。ある運命から別の運命への移送の、私が唯一の証人であり、どうしても証言したい。奇跡が起こる前の何気ない状況まで詳しく話しておきたい。その諸状況の一つが奇跡を起こしたのだろうから。くだらない細部でも残しておきたい。たぶんこの細部こそが、いつか新たなハーヴィーに何かの手掛かりを与えるだろうから。消え去った公式を見つけ出すために、その人物を私は待つ。

それにハーヴィー自身が、どんな些細な事柄でもひとつひとつが重要になり得ると教えてくれたではないか。ある朝のことだった。潮が引いたばかりの真新しい塩にまぶされた砂浜の上で、彼ははっきりと声に出して自問した。海辺の空気中のヨードは過去再現装置に作用しないだろうか？　研究のこの段階に、彼の役目としては、長い間凝視すればあたかも過去の出来事を動かせるかのように対象物を観察するだけの段階に、何でもいいから偶然の動因が介入するのを待っていた。その朝、波が寄せては引いていくのに合わせて、波打ち際に自分の足跡でとぎれとぎれの線を引きながら、彼はヨードという名を口にしたのだ。上の方には展望台が置かれているあの煉瓦の外壁の赤色を持ち出したってよかった。それともジャズ音楽だってかまわない。それは季節が進むにつれよく聴こえてくるようになり、それが突撃で奪われたラ・エ＝サントとか最速歩で敗走するウェリントンなどの映像と一緒に、丸窓を通して屋根裏に入り込んできた。あるいは我々三人の貞操でもかまわなかっただろう。修道者も同然のこの清廉潔白な状態で、私たちは奇跡に向かって緊張を保っていた。それが結局は、あの奇跡へうまく導いてくれるかもしれないのだ。しかし周囲に散在する諸要素のうち、一つか二つだけが最終的かつ必要な構成要素として「反原因」のフィルターに入っていくことになるのだが、彼が選んだのは海への愛によるものだった。藻やプランクトンから発散され、日光に向って波の霧の中を上ってくる物質である。

彼には海が必要だった。ワーテルローを磨りガラスの罠の中に引き寄せない朝はいつも、私たちは長いこと浜辺を歩いた。アクシダンが授業のある時は二人で、自由な時は三人で。ミッデルケルケの向こうの、浜が防波堤で守られてもっと長く続き、人の寄りつかないあの一帯まで行くことにしていた。淡黄褐色の巨大な海底砂州が、青くて塩分を含んだいくつかの川で寸断されていた。風の中で自由に、固い砂をゴムの靴底の下にしっかり感じ、私たちは「諸原因」が破綻するきっかけを討議していた。私たちはネー元帥の失策も彼の猛烈な働きで修復されたことを検討していた。リザが蓋を開けた鍋をタイルの上に置いたあと何秒間、おしゃべりしている少女に背を向けていたかを私たちは計算していた。アクシダンは、学生気分の陽気さも混じった我々の夢想をもとに、自然と思い浮かんだ詩を走り書きしていた。ハーヴィーが海との境目そのものにできるだけ近くで一体化するために、引いていく波を斜めに追っかけたかと思うと、波の前を走って逃げたりせねばならなかったので、アクシダンはプロスペロが呼びかける台詞を朗読した。

そして汝、砂の上を足跡もなく
引き返すネプチューンを追い立て、

戻ってくれば彼から逃げる者よ。〔原注：『テンペスト』第五幕〕

ハーヴィーを笑わせるために、わざと怪しげな発音を強調していたのかもしれない。砂の上に打ち上げられた木の枝の前では、厳かに立ち止まって、朗々と歌う。

骨まで剝き出しの枝、白い神秘、
厳かな海が打ち上げたものよ、
おまえは辛い忍耐の王国から戻ってくる
そこは太古からすべてが宿命を持たない世界……　〔原注：ロベール・ヴィヴィエ〕

しかし雨の降る日はたいてい彼の家に審議の場を移した。彼は十年前から同じアパルトマンに住んでいた。二部屋あり、簡素な住まいは蔵書だらけで、駅近くの小さな通りにあった。巨大な肘掛椅子が主な家具で、老朽化を隠すためにいつも色褪せた大きな花柄のカバーが掛けてあったが、浴槽のように心地よさそうだった。本が四方の壁一杯に並び、棚をたわませていた。入りきらなかった本は二つの椅子の上まで溢れ、崩れそうな山となって絨毯のない床の上にまで侵出していた。壁紙はほんのわずかも見える場所はなかったので、ボード上に並んだ本の背に、アクシダンは見事な書体で自分で書いた数枚の標語を貼っていた。アメリカ人とか我が国でもそれを真似する者たちが自社で短期間に財を成すコツを摑もうと拠り所にする、商売向けの標語から着想を得たものだろう。ただアクシダンの貼り紙が謳っていたのは、道理を説くものではなかった。物には宜しき所あり、といった道理ではなかった。簡潔さを勧めたり沈黙の価値を想起させようとはしていなかった。こんなたぐいの格言だった。《過去は未来と同じく柔軟である》ほかには目下の実験にもっと結びつくものもあった。《私が見ている人は私を見ることができる》こんな囮《おとり》のようなもので、とりあえずどんなアイデアを摑もうというのか？　こんなプロパガンダを誰に訴えているのか？　こんな主張にどんな効力を認めているのか？　彼に尋ねると、曖昧に口ごもるだけだった。何か妨害するもので、世界の機構内にいつの間にか滑り込む未知の物質だ、と。彼はそれらの格言を満足げに見つめ、その大きな図体をバネのきしむ肘掛椅子の中で後ろに逸らせていた。我々のホストはこの主人席を譲ってはくれなかったのだ。自分の特権を手放さず低い背もたれに首をもたせかけ、両手は広げてぴんと布を張った両肘の上に乗せていた。そうやって、彼の話とともにパイプの煙が天井へと上っていた。

煙草を吸い御託を垂れるこういう賢者然とした彼に、私はある春の嵐の晩、カジノで午後を過ごした後に会った。私はかなり不機嫌だった。ハーヴィーは彼と向かい合い、ぼろぼろの本に囲まれたテーブルに腰を下ろして、居心地は良さそうではなかった。それに数日前から我らが発明家も陰うつになっているようだった。考えの進まない期間が重くのしかかり始めていた。

「今夜はどうした、ルディブリウム・デイ君？　新しい帽子が濡れてむしゃくしゃしてるのか？　カジノのくだらん音楽のせい？」

「うん」と私は言った「つまらない音楽のせいだ。いや、聴く側が悪いせいだ。その方がもっと深刻だしありそうなことだ。僕らの神々が歳を取れば、神でなく僕たちの方が症状が悪くなる……特にコンサートの後、ケーキ屋に十五分いたのが悪かった。なぜだか、不快な奴らや恐ろしいほど醜い顔しか見なかったんだ。」

「肝臓に注意して」とハーヴィーが言った。「食事の前に薬を飲めば、人の顔もきれいに見えますよ」

「その薬はかなり効き目が強くないと。私の隣に不愉快な婦人がいて、小声ですが、背の高い双子の哀れな娘たちを叱りつけていました。骨が突き出て、髪の色はくすみ、張りのない肌の双子です。まったく悪夢ですよ、二人とも三つ口の手術跡があったんです。意地の悪い巡り合わせで、それまでの一、二時間に、変質者や落後者、運動失調患者、不具者たちが目の前を次々と通り過ぎていたんですが、人間のこの悲しい見本を、この二人の醜さで完璧なものにしていました。そこで、我々の「反原因」に逃げ込みました。考えたのですが、いつか――あなたが成功する時にね、ハーヴィーさん――私のような人間が、さっきのように醜い人々の間に座って、好きなように彼らを消したり作り直したりできるだろうって。例えば足を引きずっていて全身麻痺の予兆が露骨に見えるイギリス人。遡及の奥義を持つ権威者は、二十年ほど過去へ遡り、若き学生が家に入り病にかかろうかという閾のところで合図をして彼を止めようとするだろう。例えば口やかましくて醜悪なドレスで派手に着飾るレバント人の女。彼女は、いつも丸めているせいで完全に背の曲がった夫を、激しく叱責して苦しめている。奇跡を行う者は、結婚式の朝、前もって婚約者の目に恐ろしい前兆を見せて受難から遠ざけ、女をしかるべき独身に戻してやるでしょう。三つ口の双子の姉妹には……」

「ぜひ知りたいですね」とハーヴィーが言った。「どんなメッセージを過去に送って三つ口を治すんですか」

「それが困ることなんです。治せはしないでしょうが、彼女たちが生まれないようにしないと。喫茶店のあのテーブルで、シェリー酒とサラダサンドイッチを前にして、想像してみました。終わったことをやり直せるという未来のハーヴィーの手法をもし私が手にしていたら、双子の父親が、悲しい結果になる夫婦の義務を果たさないように、過去の中で大天使の剣を振りかざすことができるだろう、いやそうすべきだ、ってね。笑ってますね。でも私はそう考え抜いて、現実に起こったと一瞬思い込んだほどです。一瞬——一瞬目がくらんで——隣のテーブルの二つの椅子から人が消えたように見えました。双子はもう影も形もなく、三つ口の痕跡もなく。それは一瞬めまいに襲われた間だけでした。次には惨めな双子の姉妹がまたそこにいて、裂けた唇にクッキーを運んでた……」

「ああ！」

「それでも、想像の中で私は殺人を犯した」

「そうすぐに大げさに考えるなよ。たかが願望の死 votum moris だよ」

「それでさえない」とハーヴィーが正した。「願望の非存在 votum non existitisse と言いましょう」

「それでも」と私は続けた。「頭の中では生を死に置き換えた」

「いや。非存在にだ」

「……それに原因を消し去れば、生を消し去ることになる。どんな恐ろしい爆弾の発明も、ハーヴィー、あなたの目指す発明に比べたら子供だましだ」

「これまで疑ってみなかったんですか？」とハーヴィーが尋ねた。「原因に対して遡及的に働きかける者は超人的な力を持つことになるでしょう」

「それでいて、一人の人間にすぎません」私は答えた。「そう思うとぞくっとしませんか？　勝利をひっくり返したり、人間存在を無に戻したり（殺人を犯すのではなく。これだと生を中断させるだけで、死の日まではその命は存在していたことになります。作ることのできた財産も置き去りにするかもしれない恋人たちも消滅させません。でもこの根こそぎの消滅だと、もはや痕跡も想い出も結果も残しません）、世界の歴史を自分の理想や単なる気まぐれに合わせて造形したり、思いのままにできる人間ですよ……」

「ワーテルローの戦いを変えたり、子供が湯気の立つ鍋に近づきそうなときリザに合図ができたりする人間が、その三つ口の双子を消す権利まで行使しないかと怖いんですね、姉妹が存在しなかったことにして。怖い、でも初めはその消滅を望んでましたね。あなたはスパルタ人でもないしヒトラー主義者でもないということです。タイジェトス山脈（スパルタの近く）の前例がありますし、現在の例と言われているものでは、ドイツでの遺伝的欠陥者たちの断種があるからです。問題なのは因果関係の大前提を消滅させることではなく、まったく社会的で道徳的であって、決して形而上学的ではない、選別的マルサス人口論なのです。身体障碍者は抹殺すべきと認められれば――この点について私の意見は控えますが――諸原因に対して遡及的働きかけをすることで、最も非暴力的かつ最も効果的な方法でその諸原因だけを消せるでしょう」

アクシダンが大きな肘掛椅子の奥から口を挟んだ。

「不安を抑えようとしなくてもいい、ハーヴィー。何で堕胎薬みたいなものの価値にまでこの発明を貶めるのです？　実際それは、望みさえすれば世界消滅に向かう拠点ともなるはずの発明だ。そう、爆薬を我々は製造しているのだ。（我々、と言っておく。二つに一つの運で、僕のやり方がうまくいき、最終的には物理学ではなく詩によって諸原因を消滅させるかもしれない。）その力が怖くてこの研究をやめようってのか？」

「それが何だろうと、やめたくはない。僕は何もわからないし想像力も乏しいが、ハーヴィーのすることは理解して、そのあと何が起こるか予測しようとしてるんだ」

「で、もし世界の終わりがそのあと来るはずなら、君は「反原因」理論を放棄するのか？」

彼は笑っていた、青い煙の雲に包まれて。この問題は私には初めてではなかった。復活祭の日曜日に私を捉えた苦悩と同じだった。あの時は、週末を過ごすブルジョワの腹の上にあった時計の鎖の移ろいやすさを思い、世界からの恐ろしいほどの解放感に襲われた。それでも私は学者、はたまた遭難者の仲間を離れなかった。監視塔の上からワーテルローの光景を引き寄せ、遠くから諸原因の解消を準備する仲間を……アクシダンは話し続けていた。手一杯の真理を握りながらそれを開けて見せようとしない男を彼が非難しているのが、漠然と聞き取れた。我々の企てに悲劇の微妙な気配が混じるのを感じた。企てはもう自発的なものではなくなっていた。ある情念の力に導かれている気がした。不幸に陥ると知りながら恋人たちをベッドにいざなう情念、実験室と不吉な希望への扉をリザに開けてしまったあの脆い憐れみにも似た情念だ。諸原因がその諸結果をもはや統御しなくなれば無秩序が世界を覆うはずにしても、修正不可能なものがなくなり慎重さなど無駄になれば、保存しようとする力はその老いた手から人間たちの生命の手綱を取り落とすはずだとしても、見放された車が無秩序の中でひっくり返るにちがいなくても、それでも我々は強い本能に駆り立てられて人間の条件を変えようとしてきた。それは幸福という問題ではなかった。自由の問題だった。自由が幸福の観点から望ましいかどうかは、自問してこなかった。芽が生を欲するように、我々は自由に到達することを望んだ。自由になることが我々の果たす理由なき務めになっていた。

修復不可能なものを回復し死からさえ解放するこの野心が、原罪のいわば繰り返しなら、どんな罰を受けることになるか直ちに気づくべきだった。気の弱さから、リザに我々の秘密に接近させ、我々からの感化によって漠とした途方もない希望を抱かせてしまったせいで、残酷極まりない病の再発に立ち会うことになるのだ。

お話したように、その数日前から、六月が近づくにつれてハーヴィーは沈み込んでいった。リザの心は彼の心と繋がっているかのようだった。同じ程度に落ち込み始めていたのだ。発明家が絶望に陥るにつれ、若い女もあの危険な沈黙に再び陥っていった。私たちの失敗は日に日に確実になり、それがきっと彼女の破滅ももたらすだろうと感じていた。それでも私たちは、天空の最奥から引き出してきた光の波動の下で四人の仰臥を繰り返した。この儀式が、過去と呼ばれるあの遥かなる巨像の心を動かすことになるかのように。決定要因の連鎖の中に何の変化も現れなかった。

「うまくいくチャンスは一兆分の一もない」とハーヴィーは言っていた。

「二つに一つのチャンスがある、どんなことにでもね」とアクシダンは冷静に答えていた。

ハーヴィーは熱に浮かされたように過去を見る時間を増やしていった。でもリザは前ほど頻繁には来なくなっていた。彼女はまた時おり階段の一段目に座って、頭を両手に埋め、悔恨に沈み込んでいた。もつれた髪の陰で世界から切り離されたように。

突発事件が起こって彼女に最後の一撃を食らわせた。過失致死のかどで法廷に呼び出されたのだ。こんなひどい話は思いもよらなかった。しかしどうしても避けられず、どうしても必要な手続きのようだった。惨事の直後に予審判事がやってきてリザに尋問したのだが、そのとき彼女はすっかり落ち込んで何も答えられなかったのだ。司法官はアクシダンのちょっとした知り合いだったが、心から同情してくれた。だが司法機構は動いていて、私がリザの弁護を依頼しに行った弁護士は言った。彼女が気がふれて監禁されているのでないなら、執行猶予付きの有罪は避けられないだろうと。

有罪判決は実はもう、たった一つの引用によって下されていた。彼女が完全に正気だったある日にちょうど受け取ったその書類は恐るべきやり口で、彼女が自分自身を責め続けていたあの罪の告白を確証していた。「あたしのせい、あたしのせい……」と。私たちは、まったくひどいこの論告文から何とか彼女の気を紛らわそうとした。二、三週間の間は、我々が修復不可能なものに立ち向かいどんな企てに取り組んでいるのか、どんな希望を求める仲間と自分もつながっているのか、おぼろげながら見抜くにつれて、彼女は自分を苦しめるあの呵責の念を募らせるのをやめていた。それが今、人々の裁きは彼女を罰すべきだと公式に示していた。彼女はもう抵抗しなかった。私たちは三人がかりで長々と説明した。これは一種の形式で、法廷へは行くが、自由の身になって出てこれるだろうこと。そこで会う裁判官たちも、法に従って出頭させねばならなかったのだが、彼女の苦しみには同情していて、送り返してくれるし、頑張るようにと言ってくれるだろうと。しかし彼女を脅していたのは法廷でも監獄でもないことを、私たちは分かっていなかったのでは？　裁き手は彼女の中にいて、彼女はもはやそれから逃れられないだろう。

　彼女は私たちを避け始めた。死者たちの降霊を一緒に行っていた屋根裏部屋を恐れているようだった。彼女を苛む台所にもいられなかった。私たちと会わないように、階段も避けていた。実験室の隣の屋根裏部屋が彼女の四六時中いる避難所になった。がむしゃらに試し続ける我々の実験は、ハーヴィーが決めた期日が近づくにつれていよいよ頻繁になっていったが、その間、彼女がそこにいるのはわかっていた。粗悪な鉄のベッドに横たわり、かつてそこで抱きしめていた小さな体のぬくもりを夢見ようとしているのを。もう泣いてはいなかった。興奮が高まって発作に至ることもなく、初めのころ生理的恐怖を感じたあの激しい叫び声もなくなった。しかし仕切り壁の向こう側に彼女がいることで、私たちは無言になり、最後のころのワーテルロー観察は葬式のような陰気さだった。

その間、オステンドでは、今やキンポウゲが宿泊客の食卓を飾っていた。季節感のない砂浜の向こう、この土地の内部では、庭や田畑で夏が春にとって代わりつつあることをそれは告げていた。日が長くなったおかげで投影時間を延ばすことができた。ホテルはみな開業していた。突堤では、明るい色のフランネルを着た人々や海水浴客、競馬ファン、賭け事好きたちが行き交っていた。彼らは知らなかった。ダンスや賭け合い、恋の駆け引き、バカラの最中に、海や街から遥かに高い所で三人の男たちが屋根裏にこもり、おのれの民族をまさに解放し遂げようとしているとは。私はさらにあと二回、三万フランをハーヴィーに支払っていた。プラチナを供給して光の粒子を磁化するために。

初めて会うことになるリザの父親がある晩やってきて、彼女を入院させると泣きながら言った。私たちは待つよう勧めた。驚いてこちらに向けたその眼は、それ以上彼女に何をしてやれるのかと問うていた。しかしそれは言えなかった。

XVII

六月十八日。最終実験は十時に予定されていた。晴れの日の霧は海上で金色の光となって消えかけていた。磨き込まれた通りの舗石は露でまだ青く、厳しい暑さを予感させた。私は軽い興奮とともに実験室に向かっていた。それは少年のころ賞の授与式の朝に味わった感情を思い起こさせた。ただし、二人の人物となってそこを目指していた。

ナミュール人のギュスターヴ・ディウジュが、とても好奇心をそそる最終日に至ったものだから、一晩のうちに生気を取り戻して、オステンドのギュスターヴ・ディウジュと肩を並べるまでになったのだ。そこで僕らは二人して、軒を連ねる魚屋の前を通っていた。タラやエイが水でびしょ濡れの大理石の上にたくさん並んでいた。ナイトクラブの前では、ドアが開け放たれて奥の暗闇が見え、グラスの底に残ったものや火の消えた葉巻の匂いを発散していた。二人のうちの一人、自覚し今の自分だと思っている方は、ハーヴィーとアクシダンのメンバーで、新たな自由の征服者だった。諸原因の絶対的権力に対し彼らと共に反乱を起こし、リザに致命的な希望への扉を開けてしまった責任を彼らと共有していた。彼にはわかっていた。ありそうもない最後の瞬間の成功が起これば別だが、この黄金時代のプロジェクトを断念し、不可能な夢で若い管理人を傷つけてしまった罪を償わねばならないことを。どんな状況でも可能性は常に等しいという理論を盾にアクシダンが何と言おうと、他の人間たちみんながいつも自明の理と呼んできたものが示していた。最後になるこのワーテルローへの呼びかけも、新しい材料が何もなく、新しい方法を何も試みなければ、これまで以上に戦いの行方に変化を引き起こすことはないと。我々の途方もない夢は諦めねばならない。造物神たる野心は捨てねばならない……

それでも、私は悲しくはなかった。歩道を行く足取りの軽さには、実は喜びのようなものもあった。つまり気づいていない方のもう一人のディウジュが、一人目のやつの純然たる不安の下で、密かにこんな無茶がこの日に終わるのを待っていた。そいつは芝居の結末をはっきり知っている観客として、落ち着いて楽しみながら見物していたのだ。彼にはわかっていた。この長い、ドン・キホーテなみの向う見ずな冒険が失敗すれば、それを境にまともな生活が始まるのだと。

なぜならこの六月十八日の一日で、ほぼ間違いなく、ハーヴィーはワーテルローでの曽祖父に関する事実や行為の修正方法を見つけることはなく、私たちは人々の良識へと戻っていくのだろうから。翌日には、ハーヴィーは銀行の窓口に行って、紋章入りの豪華で淡い宝石色をしたモロッコ紙と、年金証書を作成させ、そこから私に返済すべき十二万フランが支払われるだろう。それから、私の部屋のテーブルに置かれたその札束を前にして、私は十字軍遠征から戻った思慮深い男として彼に話しかけるだろう。すでに取り崩した彼の年金のこと、研究を続行すべきであること、そのためにまず彼の最初の発見を整える必要があると示してやろう。軍隊が一つの勝利の後、奪取した陣地を整えるために立ち止まるように。彼の発明で保証されることになるとてつもない富をもって、闘いを続けるための莫大な資金も準備できるだろう。だから、まず何よりもハーヴィー式過去回顧法を開発しなければならない。（過去回顧《レトロスペクション》の方が過去再現《レトロビジョン》よりも宣伝効果があると思われた、それはよく考えてみた。ギリシャ語源についても見ておかねば。）その企業も立ち上げるべきだ。そのために私がいるのでは？言うまでもなく商売には通じているし、ムノト株での儲けのおかげでちょうど多額の現金もあるし。

　この恐ろしい理屈全部を、サンチョ・パンサのディウジュ、つまりナミュールのディウジュが、熱に浮かされたドン・キホーテのディウジュを連れて、おぼろな光に沈む親しいオステンドを歩きながら、ひとつひとつこれほど明晰に論じたのではもちろんない。これらの考えは私自身の奥底に潜在的に残っていたもので、いわば思考されたものではなかった。精神状態の基底となっていて、その時は気づいてなかったが、今はよく理解できる。何より安全のためだったのだ。ギュスターヴ・ディウジュは危険を冒さず儲けた金を賭けていたのだ。足を踏み入れようとしている実験室から、過去に働きかける力を手にした英雄として出てこれなくても、少なくとも過去の再現という特許の取れそうな方法を発明したレスリー・ハーヴィーの協力者として出てくるのだろう。ふさぎ込むことはない。

（おそらく二人の仲間と並んで荘厳な青白いガラスの円盤の下に身を置いたとたん、こんな二心は吹き飛んでしまい、熱意を分かち合い、ともに奇跡を願った。ただ、私の中に何かが残っていたのだろう。頑張った後で運動選手の体に汗が残るように……この比喩はかなり使える。汗で濡れた運動選手の体は、電気を操作するには危険だ。たぶんあの理屈っぽい安全策の影響がまだ残っていたので、この日の朝、私は奇跡の操作には相応しくなかったのだ。）

　ハーヴィーは明らかに寝ていなかった。昨夜は数字と最後の取組みをして過ごしたのだ。天使との闘いを終えた彼はいっそう美しかった。縺れた髪は乱れてはいても、古代の大理石像に時々見られるようにそれ自体が表情豊かだった。一本の巻き毛の跳ねも一本の縮れ毛の弱々しさも、下がった口の端や眉の角度と同じくらい多くを伝えている。敗北の色が彼の端正な顔立ちに落ちかかっていた。同じ色を見ることになるのだろう、ワーテルローでの夕暮れ時、ダグラス大尉の顔に、汗に貼りついた火薬の灰色とともに。アクシダン、無言のアクシダンは、通過儀礼のベッドのそばにいた。駅のホームで出発間近の自分の車両の傍らにいる旅人のように。

　今いちど、並んで仰向けになる。シリンダーの先に青い信号が吹き出し道を開く、出航だ。この赤い家は、気づいていたことだが、妙に遠い昔の想い出の香りがした。それで、長椅子に横になると必ず子供時代の夜のことを想い出した。ベッドで毛布にくるまって、夜にロシアの奥地で雪中を橇《そり》で大旅行に出発するところを想像していたころを。今いちど、見えない道へと乗り出すあの感覚を私は味わった。まずゆっくりと滑り出し、次に全速力になり、その間、磨りガラスの円盤の上では狙いを定めた斑点が形を整えていき、戦いの場になっていく。

戦い。突撃。突撃に次ぐ突撃、突撃に対する突撃、もう一度、飽くことなく、突撃。天賦の才の頂点に立ち、運命を決したその日、ボナパルトは戦の術策や規範的な手管を無視していた。包囲網、翼からの攻撃といった、偉大な指揮官たちが用いた子供騙しの古臭い道具一式を。彼は純粋な突撃、つまり生きた人間の塊を投げつけ、投げてまた投げるというただ一つの力に頼っていた。レイユとスーが策を講ずるよう忠告していたが無駄だった。ナポレオンはナポレオンの技法を捨て、見境のない各師団が雪崩を打ったように勝手に戦うに任せていた。二十年戦いの技を磨いた後に、彼の内なる力が勝ち誇ったのだ。愛がある高みにまで達すると、小説的でペトラルカ風の金メッキは剝がれ、むき出しの粗暴な肉体的本能と身体の現実だけが残るように。こうして一八一四年のチェスのプレイヤー、つまりアウステルリッツの戦いの指揮者は、一様に盛りのついた彼の軍隊に、もはや策を弄しようとはしなかった。

ウェリントンも同じだった。午後二時から夜九時まで、イギリス側も駆け引きはなく陽動作戦もなかった。退却しては体勢を立て直し、後退しては反撃する一進一退の絶え間ない戦いのみ、突撃の激しい衝撃の下での、逃避と復帰の規則的な運動のみだった。取っ組み合う二頭の大きな獣のように、二つの軍隊は互いに押し倒し合っていた。

私たちはもう何度もこの人々の波の単調な動きに立ち会い、今、そのリズムを理解しようとしていた。諸局面や細部はもう注意を引かなかった。大きな波となって揺れ動いているこれらの生命全部が個々のものでなくなり、この人々すべてがもはやただ一つの機能、ただ一つの存在理由しか持っていない気がした。突撃すること。それで十分だった。突撃のために生きているのだ。敵の突撃を受けている間、生き延びようとするのは、できるだけ早く攻撃し返すためでしかない。均衡を破ろうと攻撃し合う二つの塊の緩慢なシーソー運動の前では、人間の意志という概念、指導者の才といった概念すべてが、徐々に鈍っていく。目の前にはもはや理性なき軍隊の長い闘いしかなかった。しかしハーヴィーはすばやく映像を滑らせて、漂う砲煙や疾走する騎兵隊の上を越え、パプロットの静かな丘陵地に向けた。イギリス軍戦列の向こう側だ。我々は思い出していた。燃えている桶の外では、個人の役割が重要になると。

ハーヴィーは、この最後の日、ダグラス大尉が通ったはずの牧草地の観察をいつもより早く始めた。不発弾が静かな草の上でまだ煙を出していないその時に、我々はさらにもう一度、百二十年の時を経て、祖国の運命を敗北の道へ導いた若き騎兵の待伏せをこうして開始した。ブラバント地方のこの畑には何度も焦点を合わせていて、そこを特定するには目印の不発弾も必要なくなっていた。この九柱戯のピンが生け垣の下まで転がって行き、六月の夕空に煙の最初の筋を立ちのぼらせ始めた時、それは我々にとって時刻を知らせるだけのものだった。それは運命の騎士がこれから現れると告げていた。私は心臓が激しく打つのを感じて驚いた。実験室の空気が急に変わった気がした。

もう何度も見ていた、鹿毛色の立派な馬が柵を大きく飛び越えるのを。大尉の態度、どの道を取るかの迷い、位置を知ろうと生け垣越しに投げた視線。それらの正確な繰り返しを私たちは確認していた。我々の立ち会うこれらの動きすべてが成されてしまい成されたままになることも、よくわかっていた。築かれた順序をどうしたって変えられないことも。いったん選ばれて推移する出来事を、過去に行ってその方向を変えるというあの馬鹿げた想像を、ハーヴィー自身が断念したことも。一回限り記録されたこの過去、それはレコード盤のようなもので、蓄音機で何度も再生できるが、針は引かれた溝をもう外れることができず、同じフレーズを不意をつかずに必ず繰り返さねばならない……何ものも、成されたことをないことにはできないのだ。

それでも、赤い軍服を示す色斑が、彼が辿ると知っているあの道のラインを外れずにパプロットの方へ進むにつれて、三人そろって胸の鼓動が高まっていくのが私にもわかった。脈拍があまりに速くなり、体が極度に緊張する瞬間を恐れていた。イギリス人騎士が定められた円丘上で立ち止まり、もういちどあの取り返しのつかない回れ右をする瞬間を。

そのときだ——大尉があの燕麦畑の頂きでまず立ち止まり、そこから見たオアン方向の眺めに満足できず、再び前に走り出そうとしたとき——我々のすぐ近く、仕切り壁の向こうから、リザの忘れていた叫び声が突然響き渡った。

この若い女は二、三日前から黙り込み無気力に陥っていたと私はお話しした。ここにきて、長く続いていた苦痛の叫びが突然戻ってきたのだ。何かの合図が届いて、彼女を麻痺状態から呼びさましたかのようだった。そうだ、睡眠中に何かの衝撃が襲ったに違いなかった。傷ついた声がまたあのいつもの騒々しい叫びを上げていた。それはしだいに甲高くなって静寂を打ち破り、次の叫び声を待つ間も耐え難くなった。獣のようなこの呻き声の最初の音で、三人とも並んだ寝台の上で思わず飛び上がっていた。ハーヴィーは、操縦レバーに置いていた両手にがくんと変な動きをさせ、一段高くなった燕麦畑の光景がそのせいで目の前で揺れ動いた。大尉はたった今そこで立ち止まったところだ。馬の頸の上で地図を広げ、鐙の上で立ち上がり、双眼鏡を握って南東の方向へ体を乗り出していた。そして、こっちではレスリーが敢然として、なんとかそれ以上声を聴かずに、決定的瞬間に向けての緊張を保とうとしていた。その瞬間に我々は見ることになるのだ。我々の失敗を認める前に、これを最後に彼の曽祖父がワーテルローの戦いを決するのを……すでに赤い騎士は円丘の高台で過ごすはずの四分間のうち二分を使ってしまっていた。この場所で彼は自分の人生と戦闘と世界の歴史を手に握っているのだ。私たちは知っていた。彼が地図を確認するために一瞬監視を中断するだろうと。彼は中断している。私たちは知っていた。ぶるっと体を震わせた馬がもっと近くに手綱を引き直されること、もう一度双眼鏡がパリの森の方角へ向けられること。際限のない瞬間だ。次に双眼鏡をケースに収めてから、大尉は軍帽の紐をきちんと結ぶだろう……だが、馬がぶるっと震えた時、仕切り壁の向こうで体が倒れる音が確かに聞こえた。すぐにリザの叫び声が、もっと大きくもっと強烈にもっと恐ろしく響いた。

その時、ぱっと手を離し、ハーヴィーが寝台から飛び降りた。そこを離れた、磨りガラスの円盤内で続いている映像は中断させずに。彼は飛行真っ最中の機体を放棄するパイロットのようにレバーを放棄した。彼はあっという間に踊り場にいた。隣の部屋のドアを開けた。叱責の声がリザの一層激しくなったわめき声に混じって聞こえてきた。彼がリザのそばで跪き、落ち着くようになだめているのがわかった。しかし私たちはしっかりと目を据え、制御されずにそれ自体に委ねられた映像に釘付けになっていた。それは頭上の鏡の中に映され続けていた。

成功のためにはどんな過失が必要なのだろう？　エナメルを剝がすのは陶工のどんな不注意からだろう？　錬金術の貴石を作るには坩堝《るつぼ》にどんな涙を落せばいいのだろう？　一瞬、光の磁化を操作せずに照準が設定されるのを放っておいたのが、功を奏したのか？　それ自体の作用に任せて、光を反射させ逆行させねばならなかったのか？　いやそれよりも、新しい動因が現れてきたのではないか？　ハーヴィーは、いつか偶然からの要素を夢見て、海の大気のヨードを名指していた。絶望のことなど考えていなかった。リザの声として我々のもとに介入してきたのは、絶望の力だ。

なんて声だ！　遥か昔から取り返しのつかないことに苦しんできた人々がみな、解放を求めてこの声で叫んでいるかのようだ。存在すべきではなかったことに対するありったけの抵抗、償えない事実の定めに対する反乱のありったけの呼びかけが、深い傷を負ったこの女のわめき声に込められていた。そして今、ハーヴィーの言葉もそれに混じり同じような混乱した叫びとなって聞こえてきた。その間、目の前では一八一五年の大尉が監視を終えてしまった。彼は双眼鏡をケースに戻し、軍帽の紐を締め、馬の手綱を束ね、回れ右をして、もはや彼を追わないこの映像の範囲から出ていこうとしていた。本能的に、彼を見失うまいとして、アクシダンと私は操作方法を知りもしない操縦装置に手を伸ばしていた。この時、リザが叫びを上げ、それが脳天に響くほど猛烈になり、さらに高まったように思えた。聴力で捉えられる音を超え、あまりに強烈だったので、声が止んだというより私たちの耳の方が変になり聞こえなくなったと思ったくらいだ。私たちが発した二重の叫び声がその感覚をさらに引き延ばした。

「ハーヴィー！　ハーヴィー！」

……馬を反転させる瞬間、ダグラス・ハーヴィー大尉は私たちがそれまで絶対にいちども見たことのない動きをした。顔を空に向けて上げたのだ——空に、つまり私たちの方向に——まるで呼び声が聞こえたかのように。その美しい顔を見るのは初めてだ。レスリーと似ているのが瞬時にわかった。彼はためらい、すでにケースに収めていた双眼鏡をまた取り出した。もう一度オアンの方へ馬を振り向けた。馬の頸に寄りかかり、不動で、双眼鏡をプロシア軍縦隊の方へ向け、彼は見ている。

「ハーヴィー！　ハーヴィー！」

リザが突然口をつぐんだ。大尉の末裔が実験室に戻ってくる。彼はすぐに理解した。私の隣にまた横になった。しかし操縦装置にはもう全く触れなかった。レバーやハンドルの並んだボードの前で礼拝をするように両手を開き、上げたままにしている。アクシダンでなく、彼が、空が開くのを見て消え入りそうな声で言うのが聞こえた。

「機械が狂った……」

……ダグラス・ハーヴィー大尉は見つめる、見つめ続ける。フランス軍の砲弾が馬から五歩のところにやってきて破裂する。馬はとっさに飛びのき、土が跳ねかかる。彼はまだ見ている。二分が過ぎる。ツィーテンの軍隊の方向転換を見定め、世界の歴史を変える、そのために足りなかった二分間だ。再び地図を手に取る。それからもう一度、双眼鏡も。突然、彼は確信を得て、いきなり手綱を引き、拍車を入れる。稲妻のように走り出し、牧草地を越え、モン＝サン＝ジャンに向かう。

数秒が今はなんと長く思われることか！　フランス軍の突撃が、何度も繰り広げられたとおりに目の前で起こっている。赤い土手に押し寄せてきた騎兵中隊が変わらず行き来し、方陣の周りで渦を巻き、時々引き返しては体勢を立て直す。もう一度、ハーヴィーは操縦装置を手にとり、煙や雲の向こうにウェリントンの司令部を見分けようとする。そこにはイニスキリング竜騎兵隊の隊長が戻っているはずだった。うまくいかない。彼は不安げに時間を見る。その間も、映像の丸い枠を戦列の上にさまよわせている。退却の兆しがすでに現れたはずではないか？　食い入るように、イギリス軍の最左翼の方、ヴィヴィアンの側面を守る騎兵たちの方へ戻ってみる。フランス軍の攻撃に捕まらずに、最初に後退を始めたはずだ……しかし騎兵部隊は動いていない、これまで何度も繰り返し見てきたように後退する代わりに、フランス軍の方へと折り返して速歩で動き出しそれを包囲するようだった。私たちは三人ともわけのわからない言葉を叫んでいた。観察ベッドの上で起き上がっていた。まともな人間らしさを失っていた。

もう疑いはない。運命が、ワーテルローの分岐点で、たったいま、我々の合図で、新しい道を選んだ。これまで個々の経験に則って進んでいた道とは別の道を。確かに、フランス軍の猛攻撃を避けようとはしないでイギリス軍は持ちこたえ、今はツィーテンの到着を確信し、すでに左翼を攻めている。確かに、一八一五年六月十八日の出来事、起こった事実、五世代にわたり手はつけられず不変だと見做して変えようなど考えてもみなかった事実、それがいま我々の目の前で変わりつつある。無限の、あり得る解と瞬間ごとに分岐する解との間で、出来事はまだ試してなかった後者を選んだ。それが今進んでいる。真新しい時間の中を。もはや私たちの過去ではなく、私たちの知らない諸事実を縫って……

取り替えられたこの出来事は今、我々をどこへ導くのか？　小川が斜面を求めるように、それは可能性の果てしない野を横切って、一瞬一瞬道筋を選んでいる。ハーヴィーの両手が制御装置の上で震えていた。急いで、スモアンの西、プロシア軍縦列の先頭の散開へと照準を定めていた。次にイギリス軍戦列のところへ戻った。ここでは戦いが佳境に入っていた。退却命令は出ていなかった。ダグラス・ハーヴィー大尉は間違いなく任務を果たしていたのだ。しかしウェリントンは最終攻撃に抗し得るだろうか？　皇帝はツィーテンの介入を知ってそれを急がせていたのだ。右翼側にまさに攻撃を受けようという時、ナポレオンは一撃をかわし正面の敵陣を徹底的に攻めていた。プロシア軍がラ・エとパプロットを奪取する前にそれを打ち破れば、完全な勝利はまだ彼のものだ……興奮の中、私たちは戦闘加入部隊を確認して喚声をあげ、地形を見誤っては攻撃の方向を検討し、五つの衛兵大隊がイギリス軍側の城塞に近づくのを見た。ブラウンシュヴァイク部隊が打ち破られ、二つの砲台が奪取され、ハルケット分隊が側面攻撃を受け、赤い軍服の二連隊が散り散りに退却するのを我々は見た。次に、オランダ軍砲兵中隊が正体を現し、そのすさまじい砲火にフランス軍方陣が斜交《はすか》いに襲われ、まもなくディトメールのベルギー軍に撃退されるのを見た。オアンへの道のところでフランス兵たちがマイトラント分隊に突然阻まれるのを見た。麦畑の中に伏せていた分隊は、敵方が二十歩のところに来ると起き上がり、すさまじい集中砲火でその場に打ち倒した。こうして、どの戦線でもフランス軍が炎の絶壁に捉えられ、それと一緒に揺れ動き、差し金の掛かった門を揺するようにその絶壁を激しく揺さぶり、同じところでぐるぐる渦を巻き、残った最後の弾をこの最終攻撃で撃ちまくるのを、私たちは見た。撃退された衛兵隊がモン＝サン＝ジャンの斜面を我先に下るのを見た。その時、ハーヴィーが映像の範囲を今では煙の晴れた台地の方へ滑らせ、私たちはさらに見た。イギリス軍司令部、ウェリントン公だ。ただひとり士官たちの先頭で斜面の端まで馬を進め、腕の先に白い羽付きの軍帽を掲げ、しばらくそれを振って、勝利と追撃の合図を全軍に送っている。

砲弾の炸裂による白煙は消え去っていた。ドゥルオの砲手たちは潰走が始まると彼らの大砲を放棄したからだ。それで空は澄み渡り、いまはもう我々の視界を遮るものはなく、生や運命の新しい配列をつぶさに見せてくれる。各瞬間が初めてそれらを生み出し存在させていた。ハーヴィーの天才とリザの叫び声が「出来事」を曲がらせて入り込んだこの別の道で。ハーヴィーは、ウェリントンの後ろで士官たちの興奮した一団が織りなす雑色の斑点の中に、ダグラス大尉の赤い軍服と鹿毛色の馬を探し当てていた。護衛騎兵中隊が参謀部を通り過ぎ、総指揮官に歓呼の声を上げているとき、すぐに追撃へと向かうために、若き大尉はすばやく公の傍らにいた将軍のもとに行った。軍帽に手を置き、ひとこと将軍に話した。それからギャロップで駆け出し、すでにベル＝アリアンスに向けて疾走する赤い騎兵中隊の先頭に立ち、サーベルを抜いてきらりと輝かせ、潰走中のフランス人たちに襲いかかるのを、私たちは見た。

いともやすやすと、神経が高ぶって予知能力めいたものを得たせいか、戦場の全地点に何度も照準を合わせてきて今はどんな新しい変化も迷いなく追うことができるせいか、ハーヴィーは磁波束を導いて大尉の姿を我々の視界中に捕らえ続けていた。大尉は、サーベルを高く掲げ、猛スピードで疾走していた。突然私は考えた。彼がサーベルで斬りかかろうとする敗走中の勇者たちの中に、アクシダンの曽祖父、中親衛隊伍長がいると……アクシダンは、力学的法則の狂いで生じる奇跡に自分の信念で協力する限り、勝利者であった先祖を敗者にする手助けをしたのだ。ハーヴィーは一族の名誉と祖国の栄光を同時に救った。彼自身の抵抗がイギリスに奉仕した。それは正気の沙汰でなくてもこの帝国のためになりその運命に適っていた。アクシダンと私は、諸原因の束縛から人間を解放する企ての中で、深い所では我々の祖国であるフランスを打ち倒すことに手を付けていた。だが結局ワーテルローの事実などどうでもいい。一八一五年六月十八日に大変革が始まったって、それが何だというんだ？　修復不可能なことはもう存在しない。容赦なき諸原因の長い圧政は終わった！　過失の重荷はもはや永遠ではなくなるだろう。イヴの罪は取り去られる。隣の部屋では、また寝入っていたリザが新しい世界の中で目覚めるだろう。そこでは一瞬の不注意がもはや贖《あがな》えないものではなくなり、幼い子供は彼女の元に戻されるだろう……ダグラス・ハーヴィー大尉が彼の騎兵中隊の真っ赤な波で一掃しに行くのは、皇帝親衛隊、つまり煙の中を敗走中の、アクシダン伍長が最後の弾を込めている方陣ではなかった。恐怖と仮借なき法の古い世界、最初の人間の過ちがまだ許されていない世界を一掃するのだ。

私たちは見た、赤い騎士を、パプロットの過ちを我々が救ってやり、それをつゆ知らない彼を。私たちは見た、弾丸のごとく疾駆しフランス軍歩兵に近づくのを。振りかざしたサーベルがゆっくりと螺旋の反射光を描いていた。交差した銃剣越しに、彼の馬が後ろ足ですっくと立ち上がったその時、三人ともどれだけ不安に襲われたことか！　というのも、この日まではワーテルローの映像が目の前で磨りガラス上に展開するとき、成行きをよく知っている歴史を辿り直してくれていた。知らないエピソードがいくつか現れたとしても、それらがどう解決し、どんな既知の光景に導いてくれるか、よくわかっていた。今は、新たな過去を見出していかねばならない。これから追っていくのはダグラス大尉の新たな人生だ。パプロットの悲劇の過ちを経験しなかった人生だ。またおそらく、プチ＝テスピネットの敷石上に倒れたウェリントンを救出したことも、負傷も、失明も、ランカシャーの小城への隠遁も、公からの恩給も、何もなかった人生だ。衛兵擲弾隊に囲まれ、彼の背後で閉じられた方陣を部下たちが突破できず一人残されて、若き英雄は、四方から襲いかかられ、馬の頸に伏せて身を守りながら、馬を反転させて銃剣の突きをかわし、自身の剣では益々激しく突きを食らわせていた。この時、一人の騎馬将校が突進してきて、剣を突いた。その一撃を受けようとしたとき、歩兵の一人が冷静に銃を肩にあてがい、至近距離にもかかわらずゆっくり狙いを定めて発砲するのがわかった。男が後ずさりするのと、銃身からほとばしり出た短い焔が見えたのだ。振りかざされたサーベルがハーヴィー大尉の手から落ちた。だがばったり倒れたのは私だった。まるで銃で撃たれたかのように。花柄のクレトン地の長椅子が体の下で崩れ落ち、私は床に頭と背中を激しくぶつけた。

XVIII

けたたましい音とともに落下したあと、私は再び座っていた。一方の手であざだらけの腰を、もう一方の手でたんこぶのできた頭をさすりながら、その時最初に感じたのは、眩暈《めまい》のようなものだった。埃っぽい床に私は座っていた。六月の空の光を一杯に浴びたガラス窓のある大きな仕事部屋の真ん中だった。この広々とした部屋は空っぽだった。その形状から、今は黒の塗料が剝がれて埃の層だけが覆っているガラスの間仕切りから、フランスとイギリスとで果たされた運命を我々が変えてしまった、あの感動の実験室だとよくわかった。ただ、観察用の三つの寝台、戦いが刻みつけられていった磨りガラスの円盤、青い火花の冠を灯してワーテルローから発せられた大量の光線を呼び寄せた金属の筒、黒檀の大きな計算器具と数字の書かれた長い仕事台、これらすべての、私たちの魔術の備品一式は消え去っていた。それと一緒にハーヴィーとアクシダンも。私は立ち上がった。少しよろめいた。埃っぽいガラス格子を通し、突堤の家々の屋根を越えて、遠くに海が見えていた。それは輝く光の中で空と繋がっていた。たぶんその強烈な青のせいで、実験室の薄闇のあと、落下と同時に私はくらくらしたのだ。しかしふらついたのは、とくに脳内に襲いかかってきた思考の渦のせいだった。巣を壊されたミツバチのようなパニック状態で、何とかこの惨事への対策を見つけ、筋道を立て直し、説明をつけようとしていたのだ。再建を目指す本能的な思考が奮闘していた。すでに、崩れ落ちた良識の城をまた起こし、繋ぎ合わせ、建て直しつつあった。すでに私は多少なりとも根拠づけられた確かな説にたどり着こうとしていた。その時、背後でドアの開く音が聞こえた。ただちに、建造物はまるですっかり再建されているかのように、行動計画を選び、何を言うか決めねばならなかった。

しかし私は予期していなかった。扉のところに立ち、その枠に寄りかかり、長いネグリジェを着ていて子供っぽく見える、リザに会うとは。前よりもっと青白く、大きな青い眼は悲劇的な非難の色を湛えていた。

彼女の中に、強烈なただ一瞬を経て私が選び取ったばかりの世界系の、最初の確証に遭遇していた。死の危機に晒され、逃げるためのあらゆる手段を瞬時に検討し、とりあえず助かった人のように。そうだ、痩せて、疲れ果て、四、五週間のあいだ悲しい狂気への坂道をさらに下り続けて、リザはまさにこうなっていたはず、こうであるはずなのだ。偽りの希望によって正気を取り戻せなかったその時から。

「あの……」

もう少しでリザ、と呼びそうになった。かつてそうしていたように。かつて、別の「歴史」の中で……とんでもない間違いをしでかすところだった、すんでのところで私は留まった。

「あの……すみません……下にどなたもおられなくて……この建物が貸し出されていると聞いたものですから」

彼女は身動きしなかった。おそらく狂気のせいで恐ろしく炯眼になった瞳で私を見つめながら。味わったことのない恐怖にじわじわと捉えられるのを私は感じていた。

「でも、私向きではないようです……ほんとうにすみませんでした」

外に出るには、彼女のすぐ傍らを通らねばならなかった。踊り場で彼女は二歩ほど後ろに下がり、私は急いで階段を降りた。ここから私はかつて逃避への道を見出したのだ。もう二度と上ることはないだろう。しかし最初の曲がり角で私は一瞬立ち止まり、もういちど見上げた。彼女はまだそこにいた。同じ眼差しで。こう言っているようだった――《どうやって入ってこれたの？　私があなたに何をしたの?》そして下方に拡がる空虚の上に危なっかしく身を乗り出していた。彼女にはそれでも知っていてほしかった。私は怪しい者ではなく、友達になっていたのであり、彼女を見捨てはしないと。彼女を見捨てたくはないから……眼の前に拡がる階段の手すりをもういちど摑んで私はそう心に誓った。その長い下降は生へと向っていった。そして今、独房の中で、私にはいつかリザを解放する義務があると絶えず自分に言い聞かせている。

生、私はそれを歩道上で六月の黄金色の暑さとともに見出した。正午のお告げの祈りの鐘が鳴り響いていた。勤め人や子供たちが急ぎ足で通り過ぎていた。数週間来、初めて私も同じ速さで歩いた。私もまたこの時から、すべきことがたくさんあったのだ。一つ目は競馬の貼り紙を探すことだった。それは最初に通りかかったカフェの窓にあった。思ったとおり、大文字ではっきりこう書いてあった。《ウェリントン競馬場》。ということはどんな像がネー元帥にとって代わっているか見に行く必要はない。フランスの勝利に直結する諸結果は間違いなく消し去られたのだ。状況全体がこうしてすべて解明されようとしていた。詳しいことは、またあとでゆっくりとお話ししよう。

二番目にすべきことは、ムノト株の株取引の現金化だった。この株からの儲けは、今は回収不可能の、私がハーヴィーのためにした融資分を埋め合わせるくらいはあるだろう。彼が年金から返済してくれるはずだったが、もはやそれも彼自身も存在していなかった。

三番目はホテル代を精算して、帰宅することをオルビュス嬢に知らせ、部屋の小机の引出しに詰め込まれた未開封の郵便物をすべて開封整理することだろう。ディウジュ社の筆頭としての地位に再び就く準備をするためだ。もっとも、この会社が大変革を逃れていればの話だが。

四番目は、当然だが、大分岐の時から人類の運命が辿ってきた道のすべてを知っておくことだろう。すでに、未知でもあり馴染んでもいる街を進んでいく一歩ごとに、教えられたり確認したりしていた。壁の貼り紙はとりわけ貴重だった。白い貼り紙があって、そのいちばん上には次の言葉が書かれていた――《ベルギー王国》。それで私は、ワーテルローでの突然の方向転換も我が国が独立する妨げにはならなかったと知った。この世界を私は進んでいた。奇跡の起こったあの部屋の高みから降り立ってきたばかりのこの世界を。私は歩いていた。非現実性を持つ奇妙な印象と共に、この街の中を。街ではそれまで、路面電車の表示板の競馬場名と戦争の指揮官の像だけが変わったと思っていた。私がその歴史を変えたばかりの街を進むにつれ、「出来事」についての解釈を確信し、それを補足し、その欠落部分を発見し、そうやって私の中で理論が構築されていった。その理論に従って現在私は生き、また人々を生きさせたいとも思っている。フランドルの小学生や海水浴客たちは、その間を私が通り、すれ違っても、私が人間状況の新しいイメージを創っているところだとは知らないのだ。

何が起こったのか、そのときはもう、ホテルに戻るいつもの道の地図と同じくらい明確に思い描けた。

操作していた者の手を数秒間離れたせいで、磁波が強度を増したか新しい性質を帯びてしまったのかもしれない。あるいは力学的条件の全く埒外で、私たちの極度に凝縮された情動とリザの嘆きが合わさって一つの流れとなり——磁気流とでも言おうか、全く知識はないのだが——過去に向かって行き、ダグラス大尉に警告を発したのかもしれない。それともこの二つの原因が結合して、レスリー・ハーヴィーの曽祖父は、自分のひ孫がたくさんのプラチナとウィスキーと天才を駆使して創り出した祈りのようなものをついに受け取ったのかもしれない。その祈りはリザの絶望によって効能を発揮したのだ。彼は運命の瞬間に、空からやって来たこの命令を感じ取った。空に視線を向けるのを私たちは見たではないか。彼はいったん断念した偵察をもういちど行い、そして、フリシェルモンの方へ進んでいたプロシア軍大隊が回れ右をしたのに気づいたのだ。

だからこの瞬間から、諸情勢は新たな道を取っていた、我々の知らなかった道を。それらの情勢は、以後のほとんどの事実はそのまま存続させることができた。当然、イギリスの勝利も、人間存在のすべてや地球上全体を以後永久に変えはしないのだ。ただ、その相当数が廃されもした。多数の生が異なる道を取っていくのだ。

こうして、ダグラス大尉は参謀部と一緒に退却しつつ戦うのでなく、騎兵中隊の先頭に立ち最後の衛兵隊方陣に突撃したのを我々は見た。フランス兵が銃を構え、その発砲を受け、馬上でよろめき、斃《たお》れるのも我々は見た。

しかしイニスキリング竜騎兵隊の指揮官が斃れるのが見えた同じ瞬間に、私の横でレスリー・ハーヴィーが消え去った。ダグラス大尉は一八一五年六月十八日の時点で二十五歳であり、結婚しておらず、(フランス軍勝利のワーテルロー戦の《場合》は)長男が生まれるのは七年後のはずなのだ。この日の彼の死は、したがって子孫たちの存在もレスリーの存在も消し去る。原因の原理が、その破壊者に有無を言わせず跳ね返ってきたのだ。

レスリーは存在したことはなく、彼が発明したもの、製造したものすべても、その存在を消していた。実験室は空き部屋に、リザの部屋の隣にある貸し部屋に戻っていた。彼が購入した長椅子は突然無くなり、この屋根裏部屋に持ち込まれたことはなく、私はいきなり床に落ちたのだ。

アクシダンについては、どうしてあの部屋に居合わせることなどできただろう? レスリーだけが連れて来れたはずだから。そのレスリーは現在も過去も存在まるごとを失ってしまったのだ。

私自身はどうか。初めは、論理的説明らしきものさえ想像もつかなかった。というのも、レスリーはまったく生存しなかったのに、どうして彼と知り合ったと思い出せるのか？　彼は、一八一五年六月十八日の分岐器に過去の中で操作をして、時間を別のルートへ方向転換した。彼自身の生が存在しない新しい道へ。私はとんでもない自殺に立ち会ったのだ。生を断ち切るだけでなく、己の起源から消し去る自殺。しかも四世代前から。レスリー・ハーヴィーの生、それは世界の運命が一八一五年六月十八日にワーテルロー戦フランス軍勝利の道をとったならば、その路上に見出す一つの事実だった。しかしワーテルロー戦イギリス軍勝利の路上には出会うべきレスリー・ハーヴィーはいなかった。なぜならこの第二の場合、ダグラス・ハーヴィーは戦いの日の夜に亡くなったのだから。独身で子供もなく……私はこの世界を構成するすべての人々や事物と同じく、第二の道にいるのに、どんな変則によって第一の道でしか存在できなかったはずの男を覚えているのか？　廃され、消去され、虚無に返された、もう一つの仮定の中の男を。

つまりどんな抜け道が私に与えられて、可能性のこの枝道の一方からもう一方へ行けたのか。また、人間の条件は時間がいったん選び取った道沿いに固定されて生きることなのに、どうして私は思い出せるのか？　時間が選びだせるあらゆる道のうち、あの別の道端で人生の初めの三十六年を生きたことを。

推論についての人知による法則にこの奇妙な冒険を何とか当てはめてみようとしたが、次の想像しかできなかった。機械の何かの不具合（光線の磁化が数秒間固定され、動かず制御されないまま、偶発的な強度か性質を帯びて）と同時に、修正不可能なものの問題で頭がいっぱいだった私たち三人の頭脳から、そして同じ苦悩に憑りつかれていたリザの病んだ頭脳から、ある流体、ある意思の束が形成され、それがワーテルローの空まで届いて閃光を輝かせたのだと。科学的なものと心理的なものというこれら二つの原因が合わさって、ダグラスの精神は警告に触れ、運命の道が変わったのだ。しかし私は完全にふさわしい状態ではなかった。この最後の実験にやってきて、これで終わりだと密かにほっとし、レスリーは失敗し夢を断念するだろうという実際的で好ましい結果をすでに見込んでいた。私は失格者で、奇跡から除外されたのだ。私は証人として残され、大変動を知っていて、新たな現実となってしまったこのもう一つ別の可能性上に置かれたのだ。だから、私が立ち会ったどの奇跡よりも私自身が最大の奇跡なのだ。

それゆえ私は三十六歳にして生まれ出たばかりのこの生涯の中を進んでいた。それはこれまでのところ、逐一、その時まで日々を過ごした生涯と似ていた。――名前を変えた競馬場や置き替えられた彫像といった細部を除けば。ただ、一歩ごとに、もっと本質的な違いに遭遇することは予想されていた……ホテルに戻ると、知らない場所を進んでいる感覚を持った。ここには罠が仕掛けられていそうだ。

XIX

それでも、各事物は知っていた場所にあった。オステンドの街中では何の罠も現れず、世界の運命に私たちが手を加えた激変の痕跡は何も見出せないでホテルにたどり着いた。仮説は一足ごとに立証されていた。その数時間前に後にしたのと全く同様の人生の線上に私はいた。ワーテルローの戦いがその標章を変えたこと、ダグラス・ハーヴィー大尉がそこで殺されたこと、今も見られるこの戦いの痕跡が変わっていること、といった細部を除いては。というのも——変則的に奇跡から逃れた私の冒険を除いて——大尉が遺すことのなかったあの子孫が引き起こしたはずのすべてが廃されたのだ。

ホテルのドアマンもその制服も、ワーテルローの標章とは何ら関わってなかった。白髪混じりの頬髯も金文字が入った制帽にも、何ら変化がなかったからだ。

私は郵便物を受け取り、部屋に上がった。最初の封筒を破った。それには私の証券仲買人の会社名が記されていた。次にオルビュス嬢からの手紙を開けた。それから模造寄木細工の小机の引出しに眠っていた封筒を全部手に取った。すぐに破滅の跡を目の当たりにすることになる。それは散乱したこれら紙片の折り目から立ち昇り、やがて私を取り囲んでぎゅうぎゅう締めつけてきた。ディウジュ社は様々な契約不履行で裁判所に呼び出されていた。数十万フランの損害賠償を払わねば切り抜けるのはかなり難しかった。

マカリーの辞職とともに、他の者たちも辞めていった。彼らは一緒にライバル会社を設立した。顧客もごっそり持って行かれたようだ。オルビュス嬢は独り残って、人のいない砦を守っていた。

六月十五日の期日に決済できなかった。オルビュス嬢は三回にわたり、小塔付きの城を抵当に借金する必要があると書いてきていた。しかしこれらの手紙は開封されないまま、机の引出しの中で他の手紙に紛れていた。

内閣はムノト株問題への質疑に及んだところだった。この会社の貸借対照表には何年も前から不正があったようだ。国家による買収案はすべて退けられた。検察は政府の指針に従っていた。株は前日に七一フランの相場がつけられていた。

赤いソファーに座り、私は状況を判断した。世界の大変革もそれを変えてはくれなかったのだ。(もしソファーが青くなっていれば、ウェリントンの勝ち負けが二十世紀のオステンドのホテル経営者による色の選択にどう影響し得たかを語る、どんな小説を想像していけないことがあろう?)私はその日の夜にナミュールに戻ろうと決めた。海はすぐ目の前で、その光輝く平面と、壮大な無関心という教訓をいっぱいに広げていた。しかし海に慰めてもらう必要はまずなかった。私は思い出していた——まだすぐ近くの、そして無限に遠い、というのも「時間」の別の通路内、今は消滅した別の状況内にあったので——その日のことを。その日、この部屋で、自分のではないバスローブを纏ってハーヴィーを迎えたのだ。無名無所有に憧れさせる粗織の修道服だった。いまは完全な所有剝奪状態になった。諸可能性の果てしない世界を垣間見たことで、その覚悟は完璧にできていた。諸可能性のもとでは、所有しているつもりの財産もすべて幻想に過ぎないのだ。

オステンドを去る前にもう一仕事残っていた。私は中学校に電話をした。アクシダン先生は午後授業でしょうかと尋ねた。

「お尋ねになっているのは校長のことでしょうか？」と電話の向こうでもったいぶった声が言った。

今しがた考えた理論が確認されてとても嬉しかった。アクシダンが校長になったことをどうして疑えただろう。議員の娘と結婚したらそうなれたのだし、ハーヴィーとの出会いだけが（別の時に）この結婚を妨げ得たのだから。私が名乗ると、校長は五時から六時の間に喜んでお迎えすると伝えてきた。

ホテルの勘定をすませた。手元に残っていたほぼ全額が必要だった。スーツケースはすでに駅に運ばせた。それから、赤いソファーと模造寄木細工机に別れの一瞥をくれて、私は部屋をあとにした。世界の別の可能性の中では、私はこの場所で一〇〇〇フランのムノト株の持ち分一五〇〇という金持ちで、英雄も同然だったのだ。心も財布も軽やかに、私は中学校へ向かった。校長の住居は司祭館の小さな庭の奥にあった。青い壁紙と黒い家具の陰気な書斎でしばらく待った。今の運命の大通りにおいては、私の友アクシダンは、威厳はあるが腰にとっては堅いアンリ二世様式の司教座風椅子で満足しているはずだとわかった。色あせたクレトン地で覆った浴槽型の肘掛椅子ではなく。

たしかに、おいカタストロフ、などと呼ぼうとは思っていなかった。しかし彼が入って来るや、きちんと折り目のついたズボン、立派に磨いたハーフブーツ、糊付けしたネクタイの結び目のある種の偽善性といった、順応主義と権威にどっぷりつかった様子が、つい数時間前に――とはいえ別の時の中で――詩人アクシダンが見せていた気楽なだらしない格好とあまりにかけ離れていたので、彼の方に向かうのがためらわれた。それで彼が私のところまでやって来た。大いに好意を示しつつ。語調や饒舌ぶり、ややうるさいほどの親切さは彼のものだった。地方の管理職としての自尊心からやや抑え、控えめではあったが。午後五時にアクシダンのいわば兄弟のような者の前にいるとは、実に奇妙な感覚だった。彼とは可能な何十億のうちの別の道で今朝十時に別れたのだ。そのために私はしばらくうろたえていた。彼の方から、アンリ二世様式司教座風椅子の向かいに私を座らせて、取り乱した私の様子に気づき、月から堕ちてでも来たのかねと笑いながら聞いてきた。そこですぐに話の核心に入っていった。私はかなり遠くからやって来たのだと断言し、ざっくばらんに彼に語った。三か月前の雨の夜、突堤の居酒屋で、どのようにして彼に出会ったか、そして何が起こったのかを。

彼は愛想よい笑いを浮かべて聞いていた。間違っても作り話だと思わないでくれ、純粋に本当のことしか言っていないと私が念押しすると「疑ってはいないよ」「いいよ、続けて」と口を挟むくらいだった。しかし明らかに、私がどんなつもりでこんな話をくどくどとしにやって来たのかと自問していた。こっそり私の様子を窺うその視線が見え、からかうような割込みもだんだん増えていった。それでも私は落ち着きはらって話を続けていた。別のことを考えながら語っていたのでいっそう落ち着いていた。今朝消え去ったあのアクシダンと午後再会したアクシダンには、可能性という歯車から発するそれぞれの光線上に、まだ無数の別の兄弟たちがいるのだと。眼の前にあの巨大なクジャクの尾が開くのが見えた。諸運命の色とりどりの扇が。その枝のそれぞれに、同一であって異なるアクシダンの肖像を掲げて。こちらでは校長、あちらでは酔っぱらいの教師、もっと遠くには、運命による無限の被造物に応じて、金持ちか貧乏か、幸福か不幸か、インド諸国を旅するか生まれ故郷を一度も離れないか、諸原因への遡及作用により世界の支配者となるか鉄道事故で両足をなくしてしまうか、有力な代議士の娘婿となるか風俗紊乱罪で投獄されるか、互いに知り合い得ないこれだけのアクシダンがいるのだ。ただし奇妙なギュスターヴ・ディウジュがやってきて諸運命のうちの二つを交信させ、校長のアクシダンと「反原因論者」のアクシダンを繋ぐなんてことをしない限り……くだんの校長は、私たちの向う見ずな行動をざっと語ってからこの日の朝の大事故のことを私が説明すると、ねじれた支柱のある司教座風椅子から立ち上って書架の方へ二、三歩向かった。

「今は文学をやりたいのか、ルディブリウム君。小説の構想について相談しに来たのか？　そうなんだろ？　いやはや！　構想は面白そうだ。でもね、ウェルズ［Herbert George Wells (1866-1946) イギリスのSF作家］のような才能が必要だよ」

話しながら、彼は格子の嵌まった四つの棚の一つを開けていた。そこには黒い装丁本が収まっていた。何冊かを取りのけて、古典作品の後ろからコニャックが半分入った瓶とグラス二つを取り出した。庭に通じる扉の横の壁に、銅製の給水器が取り付けてあった。水を出してその細い流れで二つのグラスをすすぎ、かけてあったタオルで器用に拭いた。それはちょっとした巧妙なやり口で、よくやっていたに違いない。アクシダン夫人は蒸留酒を嗜むのを快く思っておらず、許しを得てないのだとわかった。

「小説のことなど話してない」秘密の酒を彼が注いでくれる間、私は訴えた。

「それなら、そのくだらない話の意味を説明してもらおう。まあ、まずはこの極上酒を味わってくれ。なかなかのものだぞ」

私たちは飲んだ。

「かなりいけるね」グラスを置きながら私は言った。「でも、結局、これは店で買った瓶だろう？ 君のお義父さんの本物のナポレオンには絶対かなわないんだろう？」

「義父の地下貯蔵庫のことを誰か話したのか？ 誰なんだい？」

「君だ。何度もね。その貯蔵酒に君がかなり感動してしまって、婚約期間終了について僕たちに話す時も、まだその素晴らしさを懐かしんでいたことも言えるよ」

彼の現在の妻の繊細な肌やワテルゾーイ料理の腕について彼から聞いたことも話せただろう。でも夫婦の話題は離れて、もっと慎みのある証拠を挙げたかった。

「ねえ、アクシダン、君が呆れてるのはわかる。でもできるだけ手短に証明したいんだ。無駄な時間はない。僕は破産して、今晩ナミュールに戻る。たぶんしばらくはもうここに戻ってこれないだろう。いつか、修復不可能なことから人々を救うために再挑戦したいと思う戦いがあって、君はその当然の仲間なんだ。君は当然の仲間で、僕の唯一の証人なんだ。君だけに僕の話が真実だという保証や、手に触れられる証拠を提供できるんだ。それが、僕の信じがたい冒険が実際にあったと証してくれる。君に言ったことは冗談でも小説でもないし、狂人のたわごとでもない。好きなだけ証拠を見せてやろう。今朝までに別の運命の中で君からもらった証拠だ。君は自分の人生について事細かに話してくれたんだ。でなければ僕は知らないままのことだよ」

「義父の上物の酒のことか？　なあに！　たまたま僕のことを話題にしたら、オステンド人なら誰でも代議士の地下倉のことを褒めるだろうよ。有名なんだ。オステンド人みんなの自慢なんだ」

「そうかもな。でも君のお祖父さんはたしか昔ワーテルローで衛兵隊の伍長だったんでは？」

彼は、玉座みたいな椅子のまっすぐな背もたれにぎりぎりまで体を反らせた。片眼を細めて、灯りの下でコニャックのグラスを見つめていた。

「そんなことは、学校にいたときにきっと言えただろう。七年間いつも一緒だったんだ、互いに何でも教え合わないか？」

「それもそうかもな。でも三年前にラテン・ギリシャ語クラス四年生の正規の先生だった時、君が *luein* という動詞の活用に自由や破壊の美徳を当てはめて教えたことで、視察官が嫌がらせをしたんでは？」

今度こそ校長は言葉に詰まった。私は彼より先にこんな非論理性の大軍団の襲撃を受けていた。当然とされてきた事実の城壁が、奇跡という槌の一撃でぐらつき始めたときの、あの突然の大混乱を潜り抜けてきたのだ。少し彼に同情した。それでも理にかなった確実性という建造物をとことん揺るがさねばならなかった。私が求めていたのは、一つには「反原因」の陣営に、この日の朝（ただし別の時の）はまだ開祖者二人のうちの一人だったこのアクシダンを引き戻すこと、もう一つには、私は夢を見たのではない、唖然としている幼なじみに事細かくした馬鹿話が作り話ではないと、自分でも確認したいということ。なんとも穏やかな確信が私の思考内に流れるのを感じた。動脈内を流れるワインの暖かさのように。するとアクシダンが校長椅子からまた立ち上がり、いらだたしげに部屋を行ったり来たりし始めた。屈服したい気持ちに精一杯抵抗しながら！

「さてさて！　で、僕が何を知ってるか？　僕の結婚や家系図や職歴に実に詳しいんだね。確かに義父はフランドル産二本のうちでも最高級のシャンパンを持っている。確かに母方の曽祖父はワーテルローで伍長だった。確かにばかな視察官が僕を規律審議会に召喚しようとした。三年前のことだ。若気の至りで今では悔やんでいるし許せないんだが、人類をいつか諸原因の支配から自由にする望みを生徒たちに教えていたせいだ。それについては正確だ、君のいう証拠の数に入るかもしれない。このばかばかしい思いつきを何年も温めていたからね。何年間も、成されたことを正して修復不可能なことを修復しようと夢見た。よし、僕は潔く負けを認めるよ。認めてくれと君が頼んでることはそれとして、言わせてくれ。白状するが、僕のちっぽけな生涯のこんな一部始終をどうして君が知ってるのかはわからない。誰かが教えたのか、それとも透視能力でも持つようになったのか。それで僕にどうさせたいんだ？　ただ言っておこう。君に会えて本当に嬉しい、ディウジュ。妻に紹介するよ。次にオステンドに来たら、うちでありあわせだが夕食を一緒にして行ってほしいな。でも「反原因」とか遡及作用とか過去再現といった思弁に僕が乗るとは思わないでくれ。この手の愚論を創れるくらいまだまだ君は若くて羨ましいよ。僕の方は、残念だがはっきり言ってもうそんな年じゃない。諸原因は諸原因に過ぎないんだよ。それで良しとしないとね。世界をどんなに再現したって、君の筋書きでは巧みに利用してたが、そこから結果が揺らぐことなんてないさ」

　それでも、こっちの時の中でも別の時の中と同じく、彼が「反原因」を夢見たことがあると打ち明けたことで、私に秘密の通路を与えてくれた。二つのアクシダンを通じ合わせられるかもしれないとの予感が走り、勝利と陶酔に身震いした。

　今度は私が、苛立たしく立ち上がった。一か八かだ。

「過去再現だ、たぶん。ハーヴィー自身もどうすれば過去の再現から過去への作用に進めるかは考え出せなかった。過去の再現だけが僕を一つの世界から別の世界に投げ入れたのではない。何か絶望の力の助けが必要だったのだ。ただ別の動因もあって、諸事実のメカニズムを狂わせ、難攻不落の連鎖のクラッチを切ってしまう。それはここ三か月の間に君が称賛するのを聴かされたばかりのものだよ、カタストロフ。「詩」だ。「詩」を信奉していたあっちのアクシダンを思い出せとは言わない――思い出すのは無理だ――ただ認めてほしい。君自身が、今から確かめてもらうけど、僕らが出

会った晩にこの詩句を暗唱してくれた。いいかい、君が文字にしたことのない君の詩を僕が言うから
ね。君のじゃないなら言ってくれ。別の時の中で僕が君と会ったとそれではっきりするだろうか？

「詩」は危険な弾薬
果敢な美しい少女が
夏に堕落したオステンドの砂上で見つけ
溌溂たる肌の胸の中に入れたのだ……

私は震えながら暗唱していた、これは恐るべき証拠だからだ。「詩」は実際私のために、諸運命の分かたれた遠い道を行く兄弟たちを、架け橋となって結んでくれるだろうか？　私は大きな黒いテーブルの前に立っていた。アクシダンは、ポケットに手を入れ、私の声を聴きながらずっと行ったり来たりしていた。頭をかしげ、不機嫌そうな口をして。恰幅のよい腹の上のベストに懐中時計の細い鎖の金色の線が見えていた。いつかそれを消滅させられるかもしれない。

原始の神よ、いつやってきて狂喜するのか
薔薇の轟く花火とともに……

最初の詩節から彼の表情に動揺と驚きが浮かぶのがわかった。私はある種の喜びと神聖な畏怖も同時に感じながら、こうして目の前で「詩」の作用によって、私の奇跡の明証性が引き出されるのを見ていた。そして最後の詩行を口にした――

すべてのものを脚色する乱入者よ！

すると彼は腰を下ろし、結婚指輪で重くなった手を眼に当て、しばらく眼を閉じ、理解しようと努める聡明な男の笑みを浮かべていた。少しの間、彼は否定しようとしなかった。その善意に私は感謝でいっぱいになった。

「こんなことは夢にも思わなかった。夢を見たのかな、とんでもない夢を……うん、知ってるよ、その詩は。書いたこともないし、下書きもしていない。詩の持っている漠とした意志とか、実用的で物理的な効果を何となく信じる気持ち――祈りのような――を言葉にしている。長い間温めていた気持ちや信条だ。形式だってまさに僕なら書けそうなものだ。何か衝撃が襲ってきて僕に必要な自信を与えてくれたならね。例えば、君が言うように、誰かに出会って人類の大いなる解放に成功しそうな別の道を示してくれたらね。そして、詩の奇跡に中に潜む、僕の抱いていた信念に言葉を与えるよう励ましてくれたならね。そう、そうだ。君がいま口にした詩句の中の、詩を台無しにするあの説教臭さ……あの性とオステンドにまつわるくだらなさと……そして黙示録との寄せ集め、こういった欠点はまさに僕が考えついて書いてみそうなものだ。ああ！　変な気持ちだな！　認めなくちゃな。そのメッセージを僕に伝えるために、君は別の生の中で僕に出会ったに違いない。一つの言い方だが、これが僕の唯一の感想だ」

「それなら、無駄じゃなかった！」と私は叫んだ。「それなら、ね、僕たち二人でハーヴィーの秘密を探し出して、別の時との交信を復活して、過去をまた見て、修復不可能なことを修復していこう！二人で、学者たちを説得しよう。僕の頭がおかしくはないことを証明してくれ。一緒に出発しよう、カタストロフ、最高に素晴らしい「詩」のためだ！」

「そんなことは信じるな。神の気まぐれも、人間による逸脱も、そんなことは信じるな。僕はもう、どんな冒険にも「詩」にも旅立たないよ。君が摩訶不思議な転身を果たしたことは否定しない。僕は超自然的なものを否定したことはない。たいして驚いたこともないし、今だって、僕が形にしなかった詩を君が来て披露したことも、そんなに意外ではなくなってきた。地中深くに眠っている鉱石みたいに、僕の精神生活の最深部にあったものなのにね。君が言ったことは認めよう。つまり、ここの世界とは違う世界状況の中で僕に出会った。そこではワーテルロー戦はフランスの勝利だった。そこには天才のイギリス人が存在していて、ハーヴィーと言った。僕は中学校の教師だった。起こった諸事実を変える計画を我々三人で抱いた。手始めとして、諸事実をまた見ることができた。そのいっさいについて証拠を見せてくれた。君は比類なき幻術師だ。それで？」

彼は間を置き、両手を広げた。それが私の敗北を予感させた。建物の中で扉が開き、家庭の声のざわめきが聞こえた。六時だ。ワテルゾーイらしい香りが仕事部屋の中にそっと忍び込んできたようだ。

「それで？　君が二種の世界に属すキマイラのようになったからといって、僕にも「諸原因」と戦えと要求する権利があるのかい？　「諸原因」とはね、僕たちなんだよ。遠い昔の敗戦の原因を作り直そうと挑んで、君の友人の――僕たちの、かな――ハーヴィーが自分で消滅したことを君は話してくれた。貴重な寓話だよ。「諸原因」には触れないでおこう！　もし僕がワーテルロー戦を変えたら（でもなぜ変えることがある？）、手にしているこのグラスが消滅しないだろうか？　何かの報復戦争中に爆撃された街の廃墟で、獣みたいに匍匐《ほふく》前進してはいないだろうか？　そのハーヴィーのように、僕もいちども存在しなかったことにならないだろうか？」

彼の顔は、今や守勢に回り一種の敵意を示していた。新たに手にしたブルジョワ階級にしがみついていると感じた。椅子にくっついたムール貝のように、安楽と慣習の花柄《かへい》に支えられて。彼はそこに何かすてばちのエネルギーを注いでいた。心地よい粗末なベッドから引き離された世捨て人のように。

「ワーテルローのことはもういい」と私は言った。「君のブランデーグラスのことも、僕たちつまらない人間のこともね。リザの話をしたよね。「反原因」が叶えてくれそうなこの事例には心を動かされないか？　あの母親！　子供に悲惨な死の横を、すり抜けさせようというあの希望だ……」

彼は自分のコニャックを注ぎ、肩をすくめた。

「ばかばかしい」と彼は言った。

「なんで君はそんな……ばかばかしい、くだらん、それに……」

彼はテーブルを回りこっちに来て、私の肩に手を置いた。金の指輪の重みを感じた気がした。

「……それに、独り身のせいだ。結婚しろ、ディウジュ、結婚しろよ」

その少しあと、私はひとり歩道の上にいた。まだ暑い午後の終わりだった。通りの突きあたりに泊渠の端が見えた。トロール船の舳先がその橙赤色を黒い水面に映していた。次にひしめき合う釣り舟の帆柱、次に駅。またひとりぼっちだ。それでも私を待つ列車の方へ向かって行く前に、漠とした感謝の念、兄弟のような愛情がこみ上げて、再び閉まった扉の方を振り返った。アクシダンは私を拒絶した。でも理解はしてくれた。他にこの世の誰も私を理解できないのだ。

XX

どのようにことが運んで私を監獄に導いたのかは想像するに難くない。私の財産で残っていたものは、三か月の不在の間に利潤のない一般経費に消えていた。未払いの取引への損害賠償や、ハーヴィーの実験用のプラチナ購入などだ。ムノト株買付での五〇〇万フランの損失が破綻に追い打ちをかけていた。スキャンダルとも言える私の失踪のせいで、友人や出資者の援助は全くあてにならなかった。あとは支払い停止を申し立てるしかなかった。

私の破産宣告は銀行の財政的破綻の性格を持っていた。株の売買をしていたからだ。そしてこの財政破綻は詐欺行為になった。予審判事を前にしてやっとわかって驚いたのだが、オステンドに送らせた資金の使い道を証明するのが不可能だったのだ。ブリュッセルのどの金銀細工商にハーヴィーが毎回プラチナ購入用の金を送らせていたか、私はよく知っていた。しかしその仲買業者は、そんな大金はいちども受け取っておらず、オステンドへのプラチナ配達もしたことがないと証言した。司法官は机を叩きながら、私が法廷を馬鹿にしていることをわからせてやると言い、この教育的な意図をもって、資産隠しの容疑で私を告訴した。その法廷内で私は考え込み悟っていく。異常事態がどう組み合わさって、可能な二つの状況の間に私がいるという、今生きている中間状態が生じたのかを。ハーヴィーの存在の諸結果はすべて消滅した。彼は存在したことがなかったのだから――こちらの世界では、この時の中では。したがってこの数週間に私が受け取った四回の三万フランを何に使ったか証明することは私には不可能なのだ。郵便局には当然、ハーヴィーが彼の生きた別の時の中でプラチナ納入業者に送った電報為替の痕跡は、いっさいないからだ。これらの送金、それに要した帳簿、ブリュッセルの金銀細工商への配達、こういったすべてが実際のところ存在しなくなった。しかし別の状況の中、別の道には存在している。ハーヴィーが生きていて、リザが希望に出会った道だ。

不合理だ、とおっしゃるのですね、ハーヴィーのことを覚えているのは。この記憶もまた彼の存在の結果なのだから。まさにまちがいなく彼のせいで私が破産したのも。その存在は根こそぎ撤回されたのに。そう、たぶん不合理だ。私は奇跡から奇跡的に逃れた者だ、過失によって奇跡に与れなかった者だ。――それとも故意にかもしれない、この奇跡を証言できるように。どうすればこの非論理的だが真実である弁明を予審判事に認めてもらえただろうか。それで私はすぐに診療室に連れて行かれた。狂気を装う囚人を監視する部門だ。

数日間そこで自分に起こったことを話して過ごした。それに充分に慣れたあと、私は狂人の振りをしていたと偽った。すぐに信じてもらえた。私は多少なりともそれとなく認めた。三か月間オステンドでとんでもない放蕩生活を送り、競馬に賭け、女たちを囲っていたと。裁判官がそれらを話すごとに、彼の頭越しに女たちにぼんやりと微笑みかけるようにした。それ以来、私の保佐人が満足するよう、毎朝数十分を割いて勘定書を整理している。あとはとても快適な日々を過ごしている。希望と知識に満ちた日々だ。

知識。私は知っている。私の長い日々が作られるもととなる、この無数の瞬間のそれぞれすべて、それが同じだけの無数の発生源となる。無数の道をもつ分岐点のように、ここから、すべての可能性のすべての光線が出ていくのだ。分岐するこれらの光線間で、交信が想像不可能ではないと私は知っている。可能なものすべてが同時に存在していると私は知っている。破産者となった私のこの人生の中では、ウェリントンがワーテルローで勝利を得た。しかし、奇跡の間道を通って私がそこからやって来た、そしてこの生と全く同じく存在する別の生の中では、ワーテルローは皇帝の勝利だった。したがって、存在し得るすべてが同時に実現されるのだ。私は静かな独房の中でフリードリヒ・ニーチェの正しさを確認した。彼の聖典をさらに押し進めて考えた。すべてが永遠回帰するだけでなく、すべてがすでに同時に存在している、と。

私はこれも知っている。人間たちがじたばたしても無駄で、ワーテルローが世界の表面を変えることができると考えるのは間違いだと。私は独房で歴史の教科書を手に入れた。三十六年間生きた別の状況内でヨーロッパの国々が持っていた形状はよく覚えている。ここにある教科書で学んだものと異なっていないと言える。百二十年後、勝利と敗北の代償の諸法によって全体が見事に中和され、諸民族の流出と逆流によって釣り合わされ、条約と対抗条約の駆け引きで均等化されているので、オステンドの競馬場の名称を除けば、私が独房で暮らしているヨーロッパと、数世紀にわたる別の大通りにおいて星からの別の光線上の《一八一五年六月十八日》に経験したヨーロッパとの間には、ほぼ唯一の違いしか見えない。ワーテルローの丘の頂で、鬣《たてがみ》のある四足動物が皇帝の鳥から取って代わったことだ。

希望。ハーヴィーがオステンドの突堤上で口にしていたあの希望の言葉。それは赤褐色の髪の発明家が消滅しても失われなかった。いかにして、誰が、はわからないが、いつか修復不可能なものはなくなる日が来ると私は信じている。人々が諸原因の克服不可能性に耐えられなくなれば、すでに諸原因は糾弾されるだろう。あとは新たなあの「六月十八日」を待てばいいだけだ。その日、別の実験室で、たまたま集まった人間たちの別のグループが、過去の掟を揺るがせてくれるだろう。私は知っている。レスリーのような人たちみんなが、こうして自分たちの曽祖父を救い、熱湯の中に落ちた幼い子供たちもみな、元気におしゃべりしながらすべてのリザのもとに返されると。何よりもオステンドの踊り場に、胸をはだけ狂った青い眼のまま私が残してきたあのリザのもとに。だから監獄は私にとって実に心地よい。朝から晩まで、そして夜も十字フレームベッドでの浅い眠りの中で、疲れを知らず飽くことなくいつまでも、私は希望を抱いているのだから。

一九三八年。

解説

本書は、ベルギー幻想文学の流れを汲む作家の一人、マルセル・ティリー(Marcel Thiry 1897-1977)の小説『時間への王手《チェック》』(*Échec au temps*, 1945)の翻訳である。短篇「劇中劇 La Pièce en pièce」(岩本和子・三田順編訳『幻想の坩堝――ベルギー・フランス語幻想短篇集』松籟社刊、に所収)に続き、この作家の邦訳としては二作目になる。一九三六年頃に作品のテーマを練り、一九三八年には原稿を仕上げているが、そのときのタイトルは『自由 *Liberté*』だった。第二次世界大戦終結の一九四五年にパリの「新フランス出版 Les Éditions de la Nouvelle France」から現在のタイトルで初出版された。一九六二年には第二版が出る。さらに一九八六年、批評家・社会学者ロジェ・カイヨワの序文及び、追加資料として娘リーズ・ティリー(Lise Thiry)による非常に詳しい年譜と共に第三版が刊行される。

マルセル・ティリーの作品は、幻想性と共に写実性、すなわち現実に対する眼差しを併せ持つ。その幻想はさらに中篇小説「アンヌ・クールのための協奏曲 Concerto pour Anne Queur」(*Nouvelles du Grand Possible* 1960 所収) や、とりわけ代表作である『時間への王手《チェック》』において、SFの夢想にも接近していく。SFとは何か? 本作に序文を寄せたカイヨワは、「妖精物語からSFへ 幻想のイメージ」で次のように述べている。「サイエンス・フィクションは、それ以前の非現実的物語を継承し、全く同じ機能を果たしている。かつての妖精物語は、いまだに支配しかねる自然を前にした人間の、素朴な願望を表現するものであった。〔……〕サイエンス・フィクションは、理論と技術の進歩に対して恐怖を覚えた時代の苦悩を反映しているのである。」(三好郁朗訳、『世界幻想文学大全 幻想文学入門』筑摩書房刊、に所収) ティリーは、このような、幻想からSFへの移行の狭間にあると思われる作家の一人でもある。ベルギーの作家・批評家であるJ-B・バロニアンはこう指摘する。「SFは、今ある世界には興味を示さない。こうなるであろう世界、こうなるかもしれない世界、こうなることができるかもしれない世界、こうなるはずかもしれない世界に関心を抱く。」

『時間への王手《チェック》』は、一八一五年の〈ワーテルローの戦い〉が(われわれの知る歴史とは異なる) ナポレオン率いるフランス軍の勝利に終わった、その一二〇年後のベルギーを舞台とする。主人公である「私」が偶然出会ったイギリス人の天才物理学者ハーヴィーは、自分の曽祖父にあたる士官の手落ちがウェリントン将軍の敗北の直接原因となったことを突きとめ、一種のタイムスリップによって六月十八日の戦闘を眼前に再現 (召喚) し、士官の行動をわずかに変化させて歴史をひっくり返そうとする。「私」はそのタイムスリップの実験に巻き込まれ、挙句にナポレオン軍が敗北した「別の世界」に投げ込まれる。その後、「私」はどうなったか？　ハーヴィーは？　世界は？　それは読んでのお楽しみとしたいが、冒頭部の語りはいきなりそのヒントを与えているかもしれない。罪人・精神異常者とされて「私」は独房にいる。その「私」の回想がテクスト全体の枠組になり、かつての世界の日常生活が、会社経営や株の失敗、学校時代の親友やハーヴィーとの出会いといった細部とともに描かれる。「牢獄から語る話はお好きだろうか。『カルメン』以来、囚人の物語は一文学ジャンルになった感がある」という「私」の語りで始まる物語はいわゆる引出し小説の体裁で、「現在」つまり「別の世界」にいる読者に時に語りかけながら進んでいくのである。厳密な時間の計算と正確な歴史の再現、世界を変えるための精緻な理論、新たな世界における細部の変化といった（必ずしも正確ではないが）実証的・科学的知識が駆使され、「時間」や「因果関係」などの概念についての議論も戦わされることになる。

作家の紹介を簡単にしておこう。マルセル・ティリーは一八九七年にベルギー南部ワロニー地方（現在は行政上フランス語圏）のシャルルロワに生まれ、翌年一家でワロニー地方の主要都市リエージュに移り、ここで教育を受けて育つ。十七歳頃から象徴主義風の詩を創作し始めるが、第一次世界大戦では兄のオスカーと共に兵士としてロシア戦線で戦い、シベリア、太平洋、アメリカ、大西洋を回ってフランスに、そしてリエージュに戻る。リエージュ大学法学部に学び、その間処女詩集『心と感覚

Le Cœur et les Sens』を出版。法学博士号を得てリエージュ弁護士会に登録し数年間弁護士として働きながら詩作も続ける。一九二八年の父の死で家業の木材貿易商の仕事を継ぐが、数年後詩作を再開し、詩集出版を重ねつつ小説も書き始める。作家の生涯を辿ってみると、父の跡を継いだ商売とその失敗、戦場での経験、学問や科学への深い関心、さらに奇跡をも起こし得る「詩」の力への信頼など多くの要素が『時間への王手《チェック》』の設定や登場人物に反映されていることがわかる。

ティリーはまた、一九三七年にはベルギーの作家・詩人フランス・エレンスを中心とした〈月曜会宣言 Manifeste du Lundi〉に署名をし、ベルギーのフランス語文学を、地域主義を超え「フランス文学」へとつなげる主張に賛同する。第二次世界大戦を経て一九四五年、ベルギー王立フランス語言語文学アカデミー会員となる。同年にパリで出版したのが代表作品となる長編『時間への王手《チェック》』である。一九六〇年には中短篇集『大いなる可能性 *Nouvelles du grand possible*』をリエージュで出版する。このころから、北のオランダ語圏フラーンデレン地方で言語や文化、地域の政治的自立を推し進めていた〈フラーンデレン運動〉に対抗する形での、〈ワロニー運動〉に関わっていく。精力的に執筆や講演活動を行い、「ベルギー最大の詩人」とも称される。一九六八年には上院議員、国際連合への代表議員にもなり、政治と文学の仕事を両立させた生涯を送ったと言えよう。一九七七年の死後、二〇〇〇年にはリエージュ市助役の発案で、ベルギーのフランス語作家の韻文・散文作品を対象とした文学賞「マルセル・ティリー」賞が、またリエージュ市図書館に「マルセル・ティリー基金」が創設された。

ベルギー・フランス語文学界の中心的人物でありワロニー運動にも関わっていたとはいえ、ティリーはしかしフラーンデレン語（オランダ語）も決して排除はしなかった。フランス文学研究者のピエール・アレンによれば、ティリーが「問題としたのは権利であって、それが〈自由〉の原理に基づいていたことである。」アレンはさらにこう指摘している。「ティリーはワロニー地方を愛する。かつての公国リエージュを愛するように。彼はフランスもフランス語も愛する。ドイツも愛する。それらは感情である。おそらく彼は、ベルギーへの愛も主張することだろう。」ここには多言語国家であるベルギーの土地の特殊性が反映されている。『時間への王手《チェック》』では政治や民族や言語の対立を超えた「自由」、それが「詩」即ち「秩序を乱すもの」の力として描き出される。それは狂気にもつながり、狂気の（言語を超えた）叫びである「音の波」が、時間の秩序を乱し歴史を転換する決定的瞬間を創り出す契機ともなると示唆しておこう。

テクスト内ではさらに様々な象徴がベルギー各地の土地に結びつけられて描かれていることを指摘しておきたい。まず主要舞台となるベルギーの北端、海辺のリゾート地オステンドは、ナミュールの鉄鋼仲買業者である「私」ことギュスターヴ・ディウジュが、いつもの取引を終えて列車で自宅に戻る代わりに別方向の北に向かい降り立った街である。それは大海原に大きく開かれた、広い世界へとつながる「自由」と「解放」の象徴であり、やがて時間つまり原因と結果からの解放へと導く場にもなる。ただし街の描写において繰り返し現れる、港の灯台から発して回り続ける「三本の光の筋」

オステンドの海岸と灯台

は、時を刻み、「私」を異世界へと導き、またオステンドという都市やその住民を常に支配するものとも感じられる。もしかすると『時間への王手《チェック》』の物語の真の主人公は、実はオステンドという場、この都市そのものなのではないだろうか。ベルギー象徴派の代表的小説であるローデンバックの『死都ブリュージュ』(一八九二)のように。そこではブリュージュの中心広場に聳える鐘楼が、街を彷徨うユーグに常に寄り添い、いやむしろ見張り続け、その鐘の音を街じゅうにまき散らしていた。ちょうどオステンドの灯台の三本の光のように。その意味では、ティリーのこのテクストは象徴主義の流れを確かに受け継いでいると言えよう。

その他の都市も見ておこう。「私」の自宅のあるナミュールは、明らかにオステンドに対置され、自由に対する束縛、バカンスのためのリゾート地に対する「仕事」、夢と冒険に対する「現実の場」を象徴する。物語の舞台となった一九三五年頃は、鉄鉱・炭鉱山を有して重工業・商業・産業で栄えた南部ワロニー地方の中心都市のひとつだった。シャルルロワはこのナミュールに付随する、同じワロニー地方の都市であり、毎週「私」がその証券取引所に通う場所である。今でもベルギー第四番目の人口を抱える工業都市だが、かつての炭鉱閉山により、衰退し失業者の多い街でもある。テクスト内ではこれらの特徴を象徴するかのように「陰気な土地という詩情がシャルルロワには纏わりついている……」と描かれる。首都ブリュッセルは、ベルギー各地からの鉄道網の最大集結地点でもある。このテクスト内では、南のナミュールと北のオステンドを結ぶ途上の、方向転換の可能な中継地点であったが、「私」は下車することなくここを通過する。

そして、オステンドのハーヴィーの下宿の七階で繰り返される、一八一五年六月十八日のワーテルローの「過去再現」。ハーヴィーは、宇宙空間に放たれた過去の光景を映す光を、高価な金属（プラチナのこと。その資金

リゾート地オステンドの海辺

の出資を「私」が引き受けて実験に巻き込まれていく）を用いた磁化によってその軌道を曲げ、複雑な計算によって「現在」即ち一九三五年のオステンドの下宿の一室に回帰させるのである。このときの世界のワーテルローでは、人工の丘の頂上に立つ記念像は獅子でなく鷲で、それがナポレオンの勝利を象徴していた。

〈ワーテルローの戦い〉は、これまで多くの作家が関心を持ち作品にも描いてきた場所である。この地については少し詳しく書いておきたい。一八一五年六月十八日、日曜日の午後だった。僅か半日間、ネー将軍率いるナポレオンのフランス大軍隊に対し、ウェリントン率いるイギリス・ネーデルラント王国（のちのオランダとベルギー）・ロシアなどの連合軍及びプロイセン王国軍がここで激戦を繰り広げ、ヨーロッパの歴史を大きく塗り替えることになる。約五キロメートル四方の野原で二十万の兵士が相まみえ、五万人が死傷して横たわった。一旦はエルバ島に流されていたナポレオンが復活したいわゆる「百日天下」の終焉を〈ワーテルローの戦い〉は告げた。それまで二十三年にわたってヨーロッパを蹂躙（もしくは旧体制からの解放を）してきたナポレオン帝国軍との戦争の歴史の終わりでもあった。また中世以来のフランス―イギリスの長い対立関係にも終止符を打った。以後「ウィーン体制」のもと、今日にまで続くヨーロッパ諸国の基本的国境線が引かれる。〈ワーテルロー〉はまさに天下分け目の戦いであった。

ブリュッセルからバスで広大な自然林ソワーニュの森を抜け、シャルルロワ行国道五号線を南へ

ワーテルローの獅子像の丘

十八キロメートル、ワーテルローの街の中心部を過ぎて少し行き「獅子像の丘 Butte de Lion」で降りる。畑を横目に一本道をしばらく歩く。兵どもが夢の跡。四方どちらを向いても平たんな地面が遥か地平線まで続いている。その中心にそそり立つ円錐形の丘が次第に大きく近づいてくる。空中に描き出された斜面のシルエットは正確な直線を成す。二百年以上前と変わらぬ畑の広がりの中に、時の流れの中途で忽然と現れた人工の一地点である。丘の頂上に立つ鉛の獅子像が、遠く南西パリを見晴かしつつ、かつての戦場を睥睨する。現在、軍の本営となった農家や民家はレストランや観光センターになり、獅子像の丘の周囲には当時の戦闘場面を三六〇度の巨大なパノラマで再現した施設や記念の博物館が点在し、二〇一五年には地下に映像資料などを駆使した巨大なメモリアル博物館も創設された。

二二六段の階段を息を切らせて上り丘の頂上に着くと、高さ五メートルの台座上の獅子像は頭上にあって見

獅子像の丘の頂上から戦場跡を望む

えなくなる。その代わりに、六月十八日の各師団配置図を見ながら、私たちは四十メートルの高さから戦場を見渡すことになる。戦闘当日には存在しなかった空中からの視点。全知の神のように鳥瞰的視点を得て、『時間への王手《チェック》』のハーヴィーたちと同じ光景を眺めることにもなる。丘の出現は一八二六年。ネーデルラント王国軍指揮官オラニエ公王子の名誉の負傷（軽傷だったようだが）を記念したもので、獅子像は戦いで使われた武器を溶かして造られた。

「ワーテルローとは一つの戦いにとどまらない。世界の境界線の書き換えである」と言ったのはヴィクトル・ユゴーだ。多くの詩、戯曲、小説で知られる十九世紀フランスの偉大な作家は、「ナポレオン神話」の芸術化に多大な貢献をした。そしてあのベストセラー『レ・ミゼラブル』をここワーテルローで仕上げるのである。第二帝政下で共和主義者として亡命を余儀なくされたユゴーは、ブリュッセル滞在を選ぶ。一八六一年五月十四日から七月十四日にはモン＝サン＝ジャンに長期滞在し、そこからほど近いワーテルローを訪れる。このときにはすでに存在していた獅子像の丘にももちろん登った。世界を見下ろす超越者の視点で、ユゴーはマリユスの父ポンメルシー将軍についての回想シーンとなる「ワーテルロー」の章を綴る。

ユゴーのモン＝サン＝ジャン訪問五十周年を記念して、一九一一年に記念碑設立が計画される。プロジェクトの支持者はベルギーを代表する詩人ヴェラーレンとノーベル文学賞作家マーテルランク（この年に受賞）だった。「暴力に対する詩の抵抗」を讃えて。一九一二年九月二十二日、日曜日、定礎式が盛大に行われる。しかし記念碑の完成は一九五六年まで待たねばならなかった。碑銘はユゴーの有名な言葉、「ワーテルロー！　ワーテルロー！　陰鬱な平原よ！」であった。

ユゴーはじめフランスのロマン主義作家たちが創出した「ナポレオン神話」ゆかりの地の一つとして、ワーテ

丘の頂上の獅子像

ルローは芸術家たちの巡礼地となっていく。詩人ボードレールはユゴーの足跡を辿り、モン＝サン＝ジャンの〈コロンヌホテル〉でユゴーが宿泊した部屋のバルコンがそのまま保存されているのを確認する。戦闘地の訪問は一八六四年のことだった。英語の達者なダンディを同国人と勘違いした英国夫人から、まずはウェリントン博物館の見学を薦められ気分を害したというエピソードもある。ボードレールを師と仰いだ十九世紀末フランスの象徴派詩人たち。その重要な一人ヴェルレーヌと十歳年下の天才美少年詩人ランボーは、愛の旅路を続ける一八七二年七月九日、徒歩で国境を越え、ベルギーに入る。十八歳のランボーは『レ・ミゼラブル』を「真の詩」と見做すユゴー崇拝者でもあった。ブリュッセル到着の翌日にヴェルレーヌは戦場跡に赴く。それは、ブリュッセルのホテルでランボーと喧嘩になり、有名な発砲事件を起こすちょうど一年前の日のことだった。

イギリス人作家たちの「ワーテルロー詣で」は、フランス人に比べればまだ屈託のないものだろうか。バイロンはイギリス出奔後、一八一六年四月二十五日にブリュッセルに到着し戦場も訪れたという。一年も経っていない戦闘の記憶は生々しい。ところがバイロンは熱烈なナポレオン崇拝者だ。まもなくギリシャ独立戦争に身を投じ、自身もフランス・ロマン主義芸術家たちの崇拝の的となるであろう。ウォルター・スコットの訪問はもっと早く、戦いから一か月も経っていないときだ。しかしすでにこの歴史的悲劇の地では、コーヒー一杯の価格が三倍になるなどあからさまな商売根性が生まれており、それを嘆くことになった。スコットは、八月には直接ウェリントンに会見して事態の推移を詳細に確認し、やがて『ナポレオン・ボナパルトの生涯』（一八二七）として結実させる。ついで

『ワーテルロー一八一五年――遠征の記録』も出版されるだろう。時代を下れば、一九二六年にジェイムズ・ジョイスもワーテルローを訪れ、ここで『フィネガンズ・ウェイク』を仕上げたと言われる。

等身大の一人物から見た〈ワーテルロー〉の生々しい描写、と言えば、スタンダールの『パルムの僧院』（一八三九）が随一だろう。主人公ファブリス・デル・ドンゴはミラノの大貴族の御曹司だが、この世間知らずの純真な十六歳の少年は、ひたすらナポレオンに憧れて（作者スタンダールと重なる）、オーストリア支配下のイタリアから脱出し、パリ経由でベルギーに向かうのである。小説冒頭部の有名な戦闘描写は、ユゴーの超越的な視点といかにかけ離れていることか。私たちはファブリスに乗り移り、高揚感と疲労感まで分かち合いながら平原をうろつき、地面から跳ね上がる土塊を眺め、馬の死骸に驚愕し、兵士たちの怒号を聞き、周囲の動きを理解しようと懸命になる。ただ驚くことにスタンダールは、ユゴーはじめ多くの作家や芸術家たちとは異なり、ワーテルローには実際に行ったことがない。ベルギーの地でさえ、一八三八年七月十日か十一日にアムステルダムからの帰りにただ一度、初めて鉄道で移動した時に通過しただけのようである。若き日々にナポレオン軍の一兵士として、ドイツ、オーストリア、そしてモスクワ遠征にまで従軍した経験をもとに、作家は「ワーテルロー」戦をすべて創造したのだ。

現代のベルギー人作家としては、ジャン＝クロード・ダマムの『ワーテルローの戦い』がある。あるフランス人ジャーナリストが当時の出来事をルポルタージュ風に語るもので、ここでは敗走するナポレオンは意気消沈したただの一兵士に過ぎなくなっている。

さて、『時間への王手《チェック》』において、フランスの勝利から敗北へと「歴史」が塗り替えられるとき、戦場となったベルギーはどうなるのだろう。一八一五年当時、ベルギーという国はまだ存在せず、ナポレオン体制のフランス帝国支配下から新たに（現在の）オランダと共に「ネーデルラント王国」を形成しつつあった。

実際にワーテルローの戦いでは、（未来の）ベルギー人たちは双方の軍隊に参加していて、それ以前の戦争では仲間だった者たちが今回は敵味方に分かれた場合もあったという。現在ワーテルローの戦場跡に残されている様々なモニュメントの中で、百周年記念に建てられた「ベルギー人の碑」には、「一八一五年、二つの陣営のベルギー人兵士の記念に」と記されている。二つの陣営に分かれた「ベルギー人」たち。ここで問題になるのが、ベルギーにおける民族・言語の多様性という特殊状況である。『時間への王手《チェック》』で「私」はナミュール人つまりワロン人で、民族的・精神的にフランス側にくみし、また元同級生で今はオステンドの高校でラテン語の教師をしているアクシダンは、その曽祖父がワーテルローではフランス軍の伍長だったことが明かされる。それなのになぜハーヴィーの曽祖父だった大尉の「歴史的失策」を覆してイギリスを勝利に導く実験に協力するのか、と二人は自問することになる。

ワロン人としてのアイデンティティは、特に言語を通して自覚される。ハーヴィーの実験室のある下宿の管理人リザは、不注意で死なせてしまった娘を想い、後悔から精神を病んでいるが、時にナミュール訛りのワロン語で「私のせいだ」と嘆くのを「私」は耳にする。正気の時に話す「フランス語」＝教育言語に対して、魂の奥底から出る「ワロン語」＝民族の根源としての言葉、の違いがリザの精神状態を象徴的に描き出すとともに、「私」は同じ方言を話すことで彼女とつながった気になるのである。しかし「ここ」はオステンド、すなわち北のオランダ語圏（小説内では「フラマン語」とも表記されている）である。土地の言葉を話し、その習慣に従うことが、その土地に暮らす人々のアイデンティティないしコミュニティ意識にとっていかに大切なことかも折に触れて描かれる。オステンドは「自由」の象徴であると同時に、そこには「私」が宿泊するホテル上階の部屋という空中の楼閣であり閉ざされた空間があり、それが修道院や「現在」の独房のイメージにもつながる。またホテルの小机の引出しに未開封のまま詰め込まれた幾通もの手紙は「かつての日常」であったナミュールの職場の侵入をも象徴する。そして人々も、その行動も、社会的地位も、言葉も、イメージも、無数の細部は無限の可能性のうちの一つに過ぎないことが示される。これらが「オステンド」という一つの場の上で展開されるのである。それはまた、多層的なアイデンティティを持つ「ベルギー」のイメージにも繋がるのではないだろうか。

作家が最終的に選んだタイトル『時間への王手《チェック》』の「王手」すなわちチェック échec とは、フランス語では「失敗」の意味もある。土手をかけ、詰め、形勢逆転を果たし、そのあと「私」はどうなったか。しかしオステンドの灯台の二本の光は「私」が語っている「現在」も、そして二十一世紀の今現在も回り続けている。ティリーは、「自由」を求め、ベルギーの多様な可能性をすべて肯定しようとし、しかしそれでもなお、選び取られた「新たな世界」が完璧に自由な世界ではないことも知っていたのだろう。「私」は閉ざされた壁の中から、さらに未来の別の世界への希望を語るのである。

本書の編集を担当していただいた松籟社の木村浩之氏には、拙著『周縁の文学――ベルギーのフランス語文学にみるナショナリズムの変遷』(二〇〇七)以来、ベルギー関係の著書、論文集、翻訳出版で長年お世話になり続けている。その中で、二〇一六年刊行の『幻想の坩堝――ベルギー・フランス語幻想短篇集』でマルセル・ティリーの短篇翻訳に携わった際に、代表作『時間への王手《チェック》』についても木村氏から話を聞き、このいかにもベルギーらしい物語をぜひ翻訳させていただきたいと希望した。しかし大学業務や目の前の別仕事に追われながら気づけば六、七年は経ってしまった。その間、遅々として進まない私の作業を、木村氏は時には励ましの言葉を掛けつつ、じっと待ってくださった。まったくのマイペースを許してくださり、また出来上がった原稿をいつもながら丁寧に見ていただいた。本当に感謝の言葉もない。

ベルギーの文学について、フランス語のみならずオランダ語、さらにはドイツ語の作品もこれからいっそう翻訳紹介が進み、多くの方に関心を持って読んでいただけるようになることを願っている。

岩本和子

［訳者］

岩本　和子　（いわもと・かずこ）

神戸大学大学院国際文化学研究科教授。

専攻はフランス語圏文学・芸術文化論（ベルギーのフランス語文学、スタンダール研究）。博士（文学）。

著書に『周縁の文学――ベルギーのフランス語文学にみるナショナリズムの変遷』（松籟社）、『スタンダールと妹ポーリーヌ――作家への道』（青山社）、『ベルギーの「移民」社会と文化――新たな文化的多層性に向けて』（共編著、松籟社）などがある。

訳書に『マルペルチュイ――ジャン・レー／ジョン・フランダース怪奇幻想作品集』（共訳、国書刊行会）、『幻想の坩堝――ベルギー・フランス語幻想短編集』（共訳、松籟社、ティリー「劇中劇」を収載）など。

時間への王手《チェック》

2023 年 6 月 20 日　初版発行　　定価はカバーに表示しています

著　者　　マルセル・ティリー
訳　者　　岩本　和子

発行者　　相坂　　一

発行所　　松籟社（しょうらいしゃ）
〒 612-0801　京都市伏見区深草正覚町 1-34
電話　075-531-2878　　振替　01040-3-13030
url　http://www.shoraisha.com/

印刷・製本　　モリモト印刷株式会社
装丁　　安藤紫野（こゆるぎデザイン）
Printed in Japan

　ISBN978-4-87984-439-2 C0097

東欧の想像力

オルガ・トカルチュク『プラヴィエクとそのほかの時代』
（小椋彩 訳）

ノーベル賞作家（2018年）トカルチュクの名を一躍、国際的なものにした代表作。ポーランドの架空の村「プラヴィエク」を舞台に、この国の経験した激動の二十世紀を神話的に描き出す。

［46判・ハードカバー・368頁・2600円＋税］

東欧の想像力

イェジー・コシンスキ『ペインティッド・バード』（西成彦 訳）

第二次大戦下、親元から疎開させられた6歳の男の子が、東欧の僻地をさまよう。ユダヤ人あるいはジプシーと見なされた少年に、強烈な迫害、暴力が次々に襲いかかる。戦争下のグロテスクな現実を子どもの視点から描き出す問題作。

［46判・ハードカバー・312頁・1900円＋税］

ミロラド・パヴィッチ『十六の夢の物語』（三谷惠子 訳）

時空を自在に超えて展開する、不思議な物語の数々。後年『ハザール事典』で世界を瞠目させることになるミロラド・パヴィッチの、奔放な想像力が躍動する幻想短編アンソロジー。

［46判・ソフトカバー・212頁・1900円＋税］